Lieder, bevor die Welt zerbrach

AF238839

Eine Sprache hört da auf, ausreichend zu sein, wo das Ergebnis einer Katastrophe geschildert werden soll …
… vor allem der Katastrophe »Krieg«.

Anna Comtesse-Schwarz

Lieder, bevor die Welt zerbrach

Kind sein im Dritten Reich

Mein besonderer Dank gilt meiner Tochter Pia, da sie wesentlich zur Vollendung meines Buches beigetragen hat.

Bibliografische Information der Deutschen Nationalbibliothek
Die Deutsche Nationalbibliothek verzeichnet diese Publikation in der Deutschen Nationalbibliografie; detaillierte bibliografische Daten sind im Internet über http://dnb.d-nb.de abrufbar.

© 2013 Anna Comtesse-Schwarz
Satz, Umschlaggestaltung, Herstellung und Verlag: BoD – Books on Demand
ISBN 978-3-8482-7028-6

Es herrschte nicht gerade Freude bei dem jungen Elternpaar, als am 8. Februar 1932 abermals eine Tochter zur Welt kam. Der im Wonnemonat Mai 1929 geschlossene Ehebund von Katharina und Josef war nicht gerade glücklich zu nennen. So fand vor allem meine Mutter, dass die Geburt einer zweiten Tochter ein wahres Unglück sei. Ruth, die erstgeborene Tochter, damit konnte sie sich abfinden. Die erneute Schwangerschaft war nur auszuhalten in der Hoffnung, einen Sohn zu bekommen.

Bestimmt kam ihr Wunsch nach Söhnen daher, dass Mutter mit sechs Schwestern gesegnet war. Der einzige Bruder, mit dem sie sich so gut wie mit keinem ihrer Schwestern verstand, ausgerechnet er starb mit achtzehn Jahren an einer Lungenentzündung.

Mutter erwägte ganz ernsthaft, mich herzugeben. Vater aber wehrte sich entschieden gegen diese Lösung. Er wollte von solchen Maßnahmen nie mehr ein Wort hören. Alle, die mich bei meiner Geburt begrüßten, fanden, dass ich Vater wie aus dem Gesicht geschnitten sei. Dies fand auch die einzige Schwester meines Vaters, die meine Patin werden sollte und deren Name ich nach katholischem Brauch tragen sollte, nämlich – Anna.

Völklingen an der Saar, meine Geburtsstadt, ist eine reine Industriestadt und wirklich nicht gerade schön zu nennen. Aber unser Vater, als junger Gerichtsreferendar, fand hier eine berufliche Bleibe, was in diesen Zeiten nicht gerade einfach war.

Vater war ein Mensch, der sich schnell mit den Gegebenheiten abfand. Mutter aber neigte dazu, meist mit dem Schicksal zu hadern.

Der Tag meiner Geburt war ein Rosenmontag, Fasching, und mittlerweile war es auf der Straße laut geworden. Die vielen Leute vor unserem Haus warteten auf den Rosenmontagsumzug. Kinder lärmten, es wurde geschunkelt, und man sang die ewig alten und die ewig neuen Faschingslieder. Heute zählte nur die Fröhlichkeit, Zukunftsängste mussten zumindest bis Aschermittwoch warten.

An einem solchen Tag geboren zu sein, hielt Vater für ein Zeichen großen Glücks. Die drei Schwestern von Mutter stimmten ihm zu. Er hatte mir an mein Stubenwägelchen ein Schnapsfläschchen gehängt, und er nannte mich Hennes, sein Glückskind. Für diesen besonderen Tag, so meinte er, sei das der rechte Name. Mutter war sauer, und sie verbot dem glücklich scheinenden Vater solche Albernheiten. Die Tanten fanden aber, dass es durchaus okay sei, und sie mochten ihren meist unbeschwerten Schwager sehr, zumal Katharina, ihre Schwester, meist ein Spielverderber war. »Du wirst nie erwachsen«, meinte sie dann auch streng zu Vater. »Na, na, das will ich auch gar nicht, am besten niemals erwachsen werden«, konterte er fröhlich. Nichts schien ihm an diesem für ihn so großartigen Tag die Laune zu verderben. Er herzte und küsste sein erstgeborenes Töchterchen und tanzte vergnügt mit ihr im Zimmer einher, denn es galt ja schließlich, die Geburt seines zweiten Töchterchens zu feiern, und das an einem Tag, wo die Welt verrückt spielte.

Vater war von seinen drei anwesenden Schwägerinnen sehr angetan, aber ebenfalls von den beiden anderen Schwestern unserer Mutter, die am nächsten Tag mich bewundern wollten. Fünf an der Zahl, er fühlte sich gut, wie er immer meinte, bei diesem reichen Familienzugewinn.

Jedoch wirklich lieben, ja seine ganz große Liebe, das sei nun einmal Katharina, die vierte Tochter, unsere Mutter.

Er genoss an diesem 8. Februar 1932 nicht nur den trauten Kreis seiner Familie, sondern zu Mutters Leidwesen auch zu viel Alkohol, sodass ihm Mutter verbot, eines ihrer Kinder, wie sie ärgerlich meinte, anzufassen. Es gab wie so oft Streit um das Thema Alkohol, der Seelentröster unseres Vaters, wie es jedenfalls schien.

Der Streit nahm erst dann ein Ende, als der so ausgeschimpfte Ehemann die Wohnung verließ, indem er die Abschlusstür laut hinter sich zuschlug. Nach den Worten von Mutter würde er sich nun in den Kneipen herumtreiben.

Die älteste Schwester von Mutter, unsere Tante Änny, und auch Else, die dritte geborene Tochter der töchterreichen Familie unserer Großeltern mütterlicherseits, meinten, und das einstimmig, dass wohl auch ihre Männer Reißaus nehmen würden bei dem ewigen Gemeckere. Sie verabschiedeten sich aber dennoch sehr liebevoll von Katharina, der die Tränen über das schmale Gesicht liefen und die keinem Trost und schon gar nicht den Ermahnungen ihrer Schwestern zugänglich schien.

Als Katharina mit ihrer jüngsten Schwester Gerda alleine war, störte plötzlich der Faschingslärm auf der Straße ungemein, er stand im grellen Gegensatz zur Stimmung von Katharinas überzogener Wöchnerinnenlaune. Gerda versuchte, ihre Schwester zu trösten, mit ihr ein gutes Gespräch zu haben, sie gab nicht auf. Dann hörte sie Katharinas gebetsmühlenartige Vorwürfe gegen ihren Mann. »Ich weiß, die meisten Studenten trinken gerne, aber ich dachte, er hört damit auf, wenn wir erst einmal verheiratet sind und gar wie jetzt Kinder haben.«

Gerda konnte es sich nicht verkneifen zu erwidern, dass er vielleicht, seit er mit ihr zusammen sei, erst recht das Trinken als erlösenden Ausweg sehe. Einfach sich zu betäuben bei den ständigen Vorhaltungen.

Das war zu viel für Katharina, sie hätte Gerda am liebsten vor die Tür gesetzt, aber dann wäre sie ja gänzlich alleine mit den beiden Kleinen gewesen. Also fragte sie mit beleidigtem Ton: »Wieso eigentlich trinkt er mehr, seitdem er mit mir zusammenlebt?«

»Das sage ich dir gerne und immer wieder, wie du weißt. Mein Fritz würde auch Reißaus nehmen, wenn ich ständig mit Vorwürfen käme, wie er sich zu benehmen hat.«

Katharina weinte weiter still vor sich hin, keine ihrer Schwestern schien sie zu verstehen, sie fühlte sich von aller Welt verlassen.

Tante Gerda gab meiner kleinen Schwester Ruth zu essen. Sie war ein fröhliches, unkompliziertes Kind, das sich über das neue Schwesterchen zu freuen schien. Mit ihren großen blauen Augen und den goldenen Löckchen wurde sie von der ganzen Familie geherzt und geliebt.

Gerda wagte nochmals, sich an ihre weinende Schwester zu wenden. Sie hielt die kleine Ruth hoch in die Luft, präsentierte sie ihrer immer noch weinenden Schwester.

»Ist sie nicht ein wonniges Geschöpf, Katharina?«

Mutter zwang sich ein Lächeln ab und nickte beiläufig Gerdas Rede zu, dabei liefen ihr immer noch die Tränen, die nicht versiegen wollten, über die schmalen Wangen. Ihr langes dunkles Haar hatte sich völlig aufgelöst, was ihr gut stand. Wäre da nicht dieser strenge Gesichtsausdruck, man könnte sie schön nennen. Ihre Augen erinnerten an ein Reh, das sich im Moment tödlich getroffen fühlt. Gerda wusste ohnehin, dass man nichts tun konnte, wenn ihre Schwester sich verletzt fühlte. Ob zu Recht oder nicht, das war immer so bei ihr. Daher hatte sie auch in der Familie den Spitznamen »die beleidigte Leberwurst«, was nicht gerade zu ihrer Aufmunterung beitrug.

»Ich würde was darum geben, wenn ich an deiner Stelle wäre«, hörte Gerda jetzt ihre Schwester sagen. Froh, überhaupt eine Reaktion erreicht zu haben, fragte sie, warum.

»Keine Kinder, keine Sorgen, nicht verheiratet, dir steht die ganze Welt offen.«

»Was du nicht sagst! Viele Menschen beneiden dich sicherlich, vor allem Frauen, um deinen gut aussehenden Mann, in gehobener Stellung, die süßen Kinder.«

»Kinder«, wiederholte Katharina gedehnt, als hege sie ernsthaft Zweifel, dass dies ein Grund sei, glücklich zu sein. »Einen gut aussehenden Ehemann, nein, ich bin mir bewusst, einen Säufer zu haben, der die ganze Familie ruiniert.«

»Du vergisst, er ist deine ganz große Liebe, und ich denke, er ist über dein ewiges Gemeckere sehr unglücklich und trinkt daher mehr als ihm guttut.«

Alles, was ihr ihre Schwester antwortete, war, dass sie weit, weit fortlaufen möchte, sodass ihr Schicksal sie nicht mehr einholen könnte.

Jetzt setzte Gerda sich zu ihrer unglücklichen Schwester, ergriff ihre Hand und fragte sie leise: »Liebst du deinen Josef denn gar nicht mehr?«

Nun brach Katharina in einen heftigen Tränenfluss aus. Gerda streichelte liebevoll die Hand ihrer bekümmerten Schwester, sie wusste keinen wirklichen Trost für sie. Dann hörte sie unter Schluchzen ein entschiedenes »Ja doch!« von ihrer Schwester.

»Na, dann ist ja noch nicht alles verloren.«

Gerda ließ es extra bei ihren wenigen Worten bewenden, der Widerspruchsgeist von Katharina war nur allzu gefürchtet. Draußen auf der Straße war es stiller geworden, der Umzug der Faschingsbesessenen war vorbei, es dämmerte bereits, und Gerda teilte ihrer Schwester mit, dass sie nach Hause müsse, ihr Zug gehe in einer halben Stunde. Katharina nickte geistesabwesend, vielleicht spann sie ja selbst den Faden ihrer Unterhaltung weiter, man würde sehen. Gerda hoffte innig auf Besserung der traurigen Lage. Auf nochmaligen Wunsch ihrer Schwester band sie endlich das Schnapsfläschchen von meinem Stubenwägelchen, um es durch einen niedlichen Teddybären, von Opa Peter das erste Geschenk an mich, zu ersetzen. Opa Peter, der geduldige Vater von sechs Töchtern und besonders gedulderprobt durch seine vierte Tochter Katharina. Oma Maria war durch zwei Schlaganfälle in ihrer Beweglichkeit stark eingeschränkt.

Mutter von acht Kindern zu sein, da hat man wohl eine Tapferkeitsmedaille verdient.

Nicht zu vergessen, der Erste Weltkrieg hatte ihre Kräfte aufgezehrt. Mit all ihren Kindern stand sie alleine da, ihr Mann war in Russland, um in einem aussichtslosen Krieg zu kämpfen, um schließlich in sibirische Gefangenschaft zu geraten. Sieben Jahre mussten vergehen, bis er wieder bei seiner Familie war. Inzwischen war der einzige Sohn an einer Lungenentzündung gestorben, und auch Martha, die siebte Tochter, die der Heimkehrer nicht einmal kennenlernen durfte, denn er war, als sie geboren wurde, schon im fernen Russland, als Soldat Seiner Majestät Kaiser Wilhelm.

Jetzt ging die Eingangstür mit unüberhörbarem Gequietsche auf, und Gerda war heilfroh, dass es ihr Schwager war, der endlich wieder zurückkam. Fröhlich trat er in das große Wohnzimmer, den Ort, der nun das Wöchnerinnenzimmer war. Er trat sofort zu seiner neugeborenen Tochter und fragte in die Runde: »Ist sie nicht ein Prachtkind, unsere kleine Anna? Wie von einem Zigeunerbaron.«

»Nichts anderes bist du«, hörte man jetzt Katharina sagen.

Es sollte vielleicht lustig klingen, aber bei ihrer bitteren Miene fiel es schwer, das zu glauben.

Gerda verabschiedete sich herzlich von ihrer Schwester und von ihrem wieder gut gelaunten Schwager. Sie raunte ihrer Schwester leise ins Ohr, dass sie ihre Chance wahrnehmen solle: »Sei nett, bitte.« Dann war sie verschwunden.

Ich schlief mich hinein in ein Leben, von dem ich naturgemäß keine Ahnung haben konnte, doch wie alle Babys dieser Welt erspürte ich das Leben. So wusste ich denn schon sehr früh: Mein Vater liebt mich sehr, da gab es keine Zweifel. Meine Mutter allerdings, sie nahm mich hin wie ein unabwendbares Schicksal. Ich habe aus den ersten Jahren meines Lebens wenig Erinnerung an sie.

Meine unbekümmerte Natur, mit der ich ausgestattet bin, ließ mich nur die große Liebe meines Vaters erfahren.

Außerdem war ja da auch noch meine Schwester Ruth, eine fröhliche, sanfte Spielgefährtin, ich vermisste nichts.

Meiner Ansicht nach hat jeder Mensch einmal den Tag, an dem er geboren wird, den Geburtstag, aber dann auch den Tag, da er die Welt in vollem Sinne erfasst, er kommt also auf die Welt.

Ich erinnere mich deutlich, dass es für mich ein schöner Frühlingstag war. Mit den Großeltern väterlicherseits waren unsere Eltern, meine Schwester Ruth und ich im Garten in Saarbrücken auf dem Petersberg. Hier wohnten ja unsere Großeltern Opa Gustav und Oma Johanna. Ich muss etwa so zwei Jahre gewesen sein, und ich saß auf den Schultern meines Vaters, mein liebster Platz. Alle waren munter ins Gespräch verwickelt, während ich meine helle Freude hatte, in den blühenden Kirschbaum hineinzufassen, die weichen weißen Blümchen greifen zu können.

»Das werden im Sommer die süßen Kirschen, die du doch so gerne isst«, erläuterte mein Vater. Ja, ich konnte genau verstehen, dass mir

Vater die Wunderwelt, die da vor mir lag, erklärte. Ich spürte eine unerhörte Freude über all die Pracht, aber ganz besonders stark war da das Gefühl, dass ich inmitten meines Lebens angekommen war. Aus der Ferne erklang das SA-Lied, dem Text konnte ich noch keine Bedeutung beimessen, aber es war rhythmisch, und ich wippte auf den Schultern meines Vaters fröhlich hin und her. Dies war das erste Lied meines Lebens, das mich hellauf begeisterte; dass es das ungeeignetste Lied war, um Begeisterung zu erwecken, das sollte ich viel später erfahren.

An diesem so schönen Frühlingstag weinte ich bitterlich, als mich Vater wieder auf die Erde setzte. Der Boden unter meinen kleinen Füßen kam mir so hart vor. Ich war so weit fort von den schönen Blüten des Kirschbaums, vor allem von dem unerhört guten Gefühl tiefster Geborgenheit. Es half auch nichts, dass meine Schwester Ruth mich an der Hand nahm und mich zu trösten versuchte.

Offenbar gibt es etwas, das man den starken Willen nennt. Ich gab nicht nach und weinte und bettelte, um nochmals von meinem Vater auf die Schultern genommen zu werden. Wer schließlich nachgab, war natürlich mein Vater, und ich merkte gar bald, ich brauchte nur heftig zu bitten und er erfüllte meine kindlichen Bitten.

Bei meiner Mutter funktionierte das keineswegs, auch das erkannte ich gar schnell. Sie war unerbittlich gegen alle Tränen. Ja, wenn ich allzu hartnäckig war, gab es Klapse auf den Po, worüber ich zutiefst beleidigt war. Ich fühlte mich gedemütigt, der Schmerz war durchaus auszuhalten. Gegen diese Demütigungen lehnte ich mich von Anfang an heftig auf, aber meine Mutter blieb immun gegen all mein Bitten, und ganz besonders gegen meine Auflehnung. Mutter hatte also nicht nur ein unerwünschtes Kind, nein auch ein ungehorsames Kind, einen kleinen Satan, wie sie mich immer nannte.

Ich war einzig das Kind meines Vaters, und mit der Zeit hörte ich bei ihm aufs Wort und gab auch meine tränenreichen Bittattacken gegenüber diesem gütigen Vater auf. Seine Hand war die streichelnde, die meiner Mutter die schlagende Hand. Kam die zum Einsatz, brüllte ich wie am Spieß. Meine Schwester Ruth bettelte weinend, dass unsere Mutter aufhören solle, mich zu schlagen. Wie immer war der Schmerz nicht schuld an meinem Gebrüll, sondern allein die Schmach, es erleiden zu müssen.

Geschickterweise geschah das mit den Schlägen nur, wenn unser Vater nicht zu Hause war. Er hätte das mit Sicherheit niemals geduldet. Er hätte mir beigestanden und unserer Mutter diese Angriffe verboten. Daran zu denken, und das mit Sicherheit zu wissen, das war mein größter Trost.

Meist nahm meine Mutter einen Kleiderbügel, um mir die zutiefst empfundene Schmach beizufügen.

Mit leichter Hand lenken, die Abhängigkeit nicht spüren lassen, wer das kann, ist ein wahrhaft weiser Mensch.

Unser Vater war ein wahrhaft weiser Mensch.

Er driftete aber immer mehr, wie unsere Mutter es sagte, in ein Luderleben ab. Wobei sie ihm mit Sicherheit weitgehend dazu verhalf. Ihre ewigen Vorhaltungen von einem Anwalt, der doch schließlich Vorbild für alle sein sollte, der Verantwortung tragen sollte. Von der Schmach, meist betrunken durch die Gegend zu wanken oder gar über Nacht erst gar nicht heimzukommen und morgens nicht aus dem Bett zu kommen. Sie merkte nicht, dass sie eigentlich immer mehr dazu beitrug, ihren Ehemann, den liebsten Vater der Welt, mit ihrem ewigen Gemeckere endgültig aus dem Hause zu jagen. Sie bekam ihre, wie sie glaubte, zerfahrene Lebenssituation nicht mehr in den Griff und machte damit, als einzig Schuldigen, ihre einst so sehr große Liebe kaputt. Sie sah sich absolut als das Opfer überhaupt. Ihr war in Wirklichkeit nicht mehr zu helfen, obwohl es von allen Seiten immer wieder versucht wurde. Wir beiden Kinder dazwischen wie Treibgut auf einer Eisscholle in einem Meer der Tränen.

So jedenfalls kam es mir später in den Sinn, dachte ich an diese Zeit mit den fast täglichen Streitereien.

Meine allerletzte Erinnerung an meinen geliebten Vater, bevor er in Hitlers Vernichtungslager kam, war, als wir nach Merzig fuhren, um die Großeltern mütterlicherseits aufzusuchen, aber auch Vaters Schwester, meine Patin, Tante Anna.

Es war wieder einmal ein schöner Frühlingstag. Der Besuch bei den Großeltern verlief eher traurig, da meine Großmutter sehr krank und dadurch bettlägerig war. Außerdem drückte das schlechte Verhältnis meiner Eltern die Stimmung. Auf dem Weg zu Tante Anna gingen wir am Seffersbächlein entlang, ein malerisch schöner Weg. Zu meiner Freude schwammen kleine Entchen auf dem Bach, sie ließen sich vom Weg des klaren Wassers leiten und es sah aus, als tanzten sie. Ich trug ein kleines Umhängetäschchen, darauf waren kleine Entlein gestickt. Da ich wollte, sie sollten auch schwimmen, warf ich unbekümmert mein Täschlein auch in den munter dahinfließenden Bach. Rasch war es davongetrieben und drohte sogar unterzugehen. Entsetzt erkannte ich die Gefahr und bat meinen Vater um Hilfe. Eilends, als gälte es Leben zu retten, jagte mein Vater die Böschung hinunter, aber es war aussichtslos, mein Täschlein trieb zu schnell davon. Vater stürzte die Böschung wieder empor, er rannte den Weg entlang, Richtung Brücke, immer dem Bächlein entlang. Dann wieder hinunter, und tatsächlich, er konnte dem Flüsschen mein Täschlein wieder entreißen. Mit seinem Taschentuch legte er es trocken und hängte es mir stolz wieder um. Ich wusste doch immer schon, dass mein Vater ein Held war.

Glücklich kamen wir bei Tante Anna und ihrem Ehemann, Onkel Bruno, an, und natürlich gab es zwei Cousinen zu dieser Zeit, Margot und Hildegard. Tante und Onkel hatten eine große Bäckerei. Ich erzählte von unserem großen Abenteuer und bekam eine große Tüte Eis. Wie glücklich ich doch war in diesen Momenten. Aber ich war auch sehr empfindsam für die Bitterkeiten, die sich schon in mein Herz eingenistet hatten.

Eine Szene spiegelte sich oft in meinen Träumen wider. Unser Vater saß bei uns im Laufställchen, spielte mit uns; Mutter schimpfte, dass ein Rechtsanwalt sich so nicht präsentieren sollte. Vollkommen unbeeindruckt von ihrer Rede spielte er weiter mit uns. Fing Mutter einen Streit an, dann gab er ihr keinen Anlass, diesen Streit zu vertiefen. Er hatte es aufgegeben, gegen sie anzutreten, zu kämpfen um eine Einigung oder was auch immer. Aber leider griff er dadurch immer öfter zur Flasche, und immer öfter passierte es, dass er unfähig war, seiner Arbeit bei Gericht nachzukommen.

Die politischen Verhältnisse in Deutschland steuerten immer mehr einer Diktatur entgegen. Hitlers Machtergreifung zeigte nur allzu deutlich, dass die braune Bewegung mit der Meinungsfreiheit des Einzelnen keinesfalls gnädig umging.

In vielen Familien herrschte eine große Meinungsverschiedenheit, was diese politische Entwicklung anging. Es gab viele, die ihre Chance witterten, auch mal nach oben zu kommen. Die NSDAP, die 1932 die stärkste Fraktion im Reichstag stellte, trat dementsprechend fordernd auf. Sie machte es zur Pflicht, ihr beizutreten, jedenfalls konnte man dadurch Vorteile haben, und umgekehrt Nachteile, wenn man ihr die kalte Schulter zeigte, wie zum Beispiel mein Vater, den man mehrmals dazu aufforderte. Natürlich wollte man alle Bevölkerungsschichten unter der Fahne Adolf Hitlers haben. Aber das mit dem blinden Gehorsam funktionierte halt nicht durchgehend. Aber klar war von vornherein: Wer sich der Allmacht Hitlers nicht unterwarf oder gar gegen ihn war, der hatte damit sein Todesurteil gefällt. Wen wunder's, dass es nicht gerade die Mehrzahl der deutschen Bevölkerung war, die sich gegen die Nazis auflehnte. Wer Familie hatte und Kinder, der überlegte es sich sicherlich recht gut mit seiner freien Meinungsäußerung. Kontra zur braunen Bewegung, das war tödlich!

Es gab aber schließlich genügend Menschen, die Hitler als den Heilsbringer sahen und blind in die Falle der Nazis liefen. Mitmarschieren, in die falsche Richtung, in die *Diktatur*, dabei sein war alles, man konnte *wer* werden. Als treuer Anhänger der NSDAP ließ es sich schnell in einen höheren Posten aufsteigen; selbst Macht auszuüben, das lockte.

Schlichtweg allein durch die bittere Not der zwanziger sowie zu Anfang der dreißiger Jahre hatte Hitler die Masse der Deutschen auf seiner Seite. Alle waren Opfer des Ersten Weltkriegs. Deutschland hoffte auf einen Erlöser, den dann die meisten in Adolf Hitler sahen. Er versprach dem vom verlorenen Krieg gebeutelten Volk das, was überhaupt das Wichtigste ist, *Brot* und *Arbeit*. Man brauchte sich nur zum Nationalsozialismus zu bekennen und ein goldenes Zeitalter würde anbrechen. Wohl kaum jemand, den das nicht lockte – den Preis, der dafür zu zahlen war, sahen nur wenige im Voraus. Am Anfang der braunen Bewegung tobten heftige Kämpfe mit den damals führenden Parteien, den Sozialdemokraten und den Kommunisten, um die Machtübernahme Adolf Hitlers, man wollte auf alle Fälle eine legale Machtübernahme, scheute aber keinesfalls die rücksichtslose und korrupte Vorgehensweise. Es schien viele unüberwindbar scheinende Hürden zu geben. So wurde im Mai 1923 die SA verboten, eine wichtige Säule der Nazibewegung. Reichskanzler Hindenburg fürchtete, dass, wenn Hitler an die Macht käme, gar bald wieder Krieg sei. Er sollte ja auch recht behalten. Schließlich hatte Hindenburg den Krieg gegen Frankreich 1870 bis 1871 hautnah erleben müssen, und der Erste Weltkrieg zeigte schließlich noch immer seine blutigen Spuren, sein schmachvolles Ende. So sehr Hitler auch bei Hindenburg antichambrierte, dieser trug ihm nur das Amt des Vizekanzlers nach den gewonnenen Wahlen der braunen Partei an. Weggefährte Göring das Amt eines preußischen Innenministers. Jedoch wehrte Hitler ab, nach dem Alles-oder-nichts-Prinzip. Hindenburg war vor allem schockiert über die brutale Vorgehensweise der Nazis.

Meine Schwester und ich wuchsen also hinein in das braune Chaos, geprägt von Hitlers Kampfliedern. Ich bat einmal meinen Vater um das Lied »A schiert, a schiert«. Mein Vater wusste nicht, was ich eigentlich wollte, er rätselte herum, da ich anfing zu heulen. Als dann plötzlich aus dem Radio das Lied erklang, »SA marschiert«, drehte ich mich freudig beim Klang des Liedes hin und her, tanzte und sang mit: »A schiert, a schiert …« – »Was soll aus diesem Kind werden!«, meinte mein Vater nachdenklich, aber auch amüsiert, wie man mir später des Öfteren erzählte. Als ich vier Jahre zählte, kannte ich alle Kampflieder Hitlers, sie wurden einem durch tägliches Abspielen im Radio und auch auf den Straßen, wenn die Nazis lautstark ihre Lieder schmetterten, förmlich eingebläut. Selbst Ruth, die stille Ruth, konnte einige der Kampfgesänge.

Immer mehr begriff ich aber auch, dass unser Zuhause kein Zuhause des Friedens war. Schließlich sahen wir beiden Kinder uns in einem Kinderheim im Odenwald, wohin uns unsere Mutter eines Tages brachte. Ruth, meine gehorsame Schwester, war mit dieser Lösung sofort einverstanden. Sie spielte bereits mit bunten Perlen, während ich mich weigerte zu bleiben. Mir war klar, ich musste den Rockzipfel meiner Mutter festhalten, um so wieder zurück zu meinem geliebten Vater zu kommen. Nichts half, man trennte uns. Meine Mutter sagte, halb schon an der Haustür: »Ich komme dich morgen wieder abholen.« Ganz katholisch, wie ich erzogen wurde, verlangte ich, sie solle ein Kreuz auf ihre Zunge machen, dass ich auch sicher sein könnte. Sie tat es prompt, und ich beruhigte mich, denn das wäre ja eine Todsünde, mich nicht am nächsten Tag abzuholen.

Diese Todsünde hat sie begangen, sie kam erst nach Jahren. Es waren Jahre der tiefsten Verlassenheit. Die Sehnsucht nach meinem Vater wurde so groß, dass es mir das Herz zerriss. Ich nahm meine Umwelt, die eine sehr triste war, gar nicht recht wahr. Am Anfang wartete ich immer noch, dass meine Mutter uns abholen käme. Ich tröstete mich damit, dass sie vielleicht zu viel zu tun habe oder gar krank sei. Ruth entglitt mir ganz; sie war, wie man sie nicht anders kannte, ein richtiger Engel. Sie machte den Nonnen, die dieses Kinderheim leiteten, nur Freude. Ich dagegen forderte ihren Unmut heraus und wurde dementsprechend bestraft. Aber das machte mir alles nichts aus, sollten sie mich schlagen; mein Schmerz, der in mir tobte, der war viel schlimmer. Der Schmerz um den Verlust meines Vaters. Ich war in meiner kindlichen Einfalt der Ansicht, dass meine Mutter für ihre Todsünde bitter bestraft würde, denn ein Kreuzeichen auf die Zunge zu machen bedeutete, dass man unbedingt Wort halten musste. Zuwiderhandeln bedeutete, dass man sogar mit dem Tod bestraft werden konnte.

Wir waren in diesem Kinderheim ungefähr hundert Kinder, teilweise Vollwaisen. Das Heim wurde einzig von Ordensfrauen geführt, die nicht alle freundlich und verständnisvoll waren. Es gab auch sehr strenge, ja ungerechte dabei, bei denen ich zumindest das Gefühl hatte, sie straften mit einer gewissen Genugtuung. Ihnen auf Gedeih und Verderb ausgeliefert zu sein, war eine schmerzvolle Erfahrung, die mich jedenfalls zornig machte. So war ich gar sehr schnell eines der schwierigsten Kinder. Dass ich die Allerjüngste war, half da auch nichts, denn es gab kein besonderes Verständnis dafür. Die Strafe für Ungehorsam war die gleiche wie bei den älteren Kindern, je nach entsprechender Nonne aber unterschiedlich hart. Die unliebsamen Worte trafen mich oft härter als die Schläge. Daher war ich überglücklich, als nach langer, langer Zeit endlich ein Brief von unserer Mutter kam. Sie teilte uns mit, dass sie sehr krank gewesen sei und uns recht bald abholen würde. Wie freuten wir uns darauf! Jedoch allzu deutlich konnten wir das nicht so zeigen, es hätte für die anderen Kinder traurig sein können, die eine solch schöne Nachricht nicht erhielten. Alles ließ sich auf einmal leichter ertragen. Ich vor allem versuchte ebenfalls ein gehorsames Kind zu werden, was mir teilweise auch wirklich gelang. Doch eines machte mir doch großen Kummer: Was war mit unserem Vater? Warum kümmerte er sich so gar nicht um uns, seine beiden Töchter, die er doch so lieb hatte? Jedenfalls war es das Wissen um seine Liebe zu uns, die mir immer eine gewisse Stärke und Hoffnung gab. So war ein Tropfen tiefster Wehmut mit der Freude auf das baldige Nachhausekommen vermischt. Würde er da sein und mit uns zusammen ein glückliches Familienleben haben, ganz so, wie alle Kinder es sich wünschen? Selbst die Kinder, die es ja eigentlich gar nicht kennengelernt haben.

Es ist wohl ein Urinstinkt, der solches erhoffen lässt.

Die Zeit ging dahin, von Mutter keine Spur, auch kein weiterer Hinweis über ihr Kommen. Hinter unseren dicken hohen Klostermauern drang nichts von der übrigen Welt zu uns herein.

Wir sangen jetzt andere Lieder als je zuvor. Statt »SA marschiert« oder all die nationalen Heldenlieder sangen wir nun fromme Lieder, wie jetzt um die Osterzeit »Oh Haupt voll Blut und Wunden« und »Großer Gott, wir loben dich«. Das Lied vom »Haupt voll Blut und Wunden« weckte in mir großes Mitleid. Es quälte mich nachts im Dunkel des großen Schlafsaals. Das und die Ungewissheit, wann denn Mama käme, und auch, was mit unserem Vater wohl sei, frustrierte mich dermaßen, dass ich anfing, nachts ins Bett zu pinkeln und somit auf der Seite der Bettnässer landete. Wir ertrugen die Schmach, indem wir sie umsetzten und uns als etwas Besonderes fühlten. Keiner konnte uns darin beirren. Wir nannten uns die Protestpinkler.

Als dann später meine Schwester auch die Seiten wechseln musste, war niemand glücklicher als ich. Ich hatte sie natürlich im Verdacht, dass sie ein wahrer Protestpinkler war. Es blieb ihr Geheiminis.

Es galt im Heim als ungeschriebenes Gesetz, dass Geschwister nicht ausschließlich miteinander den Alltag teilen durften, genauer, eigentlich so wenig wie möglich miteinander die Zeit verbringen konnten. Dafür sorgte allein schon die Aufsichtsschwester, ohne die wir ja kaum waren.

Nun hatte ich mit meiner Schwester eine Gemeinsamkeit, und war sie auch in den Augen aller anderen eine merkwürdige Angelegenheit. Schließlich war Ruth ja die einzige Verbindung zu meiner Vergangenheit, mit meiner unendlichen Sehnsucht nach meinem Vater.

Ruth vermisste aber in gleicher Weise unsere Mutter.

»Sie wird bald kommen, du wirst sehen«, und ich vertraute nur allzu gern ihren Worten. Denn so war der Alltag in der strengen Hierarchie des klösterlichen Lebens einfacher zu ertragen.

»Mutter kommt«, das hieß, sie hielt schließlich und endlich doch Wort, wenn auch mit einer so großen Verspätung, dass bei aller Freude über ihr Kommen ein Rest Bitterkeit blieb.

Eine genaue Zeitrechnung, wie lange ich es denn schon hier in diesem Waisenhaus aushielt, hatte ich nicht. Aber es kam mir wie Jahre der bittersten Zeiten vor.

»Warum nur kommt unser Vater nicht?«

Worauf mir eines Tages Ruth die Antwort gab: »Er wird im Krieg sein.«

»Im Krieg?«, fragte ich mit erstauntem Ton.

»Ja, da sind jetzt die meisten Väter.«

Das neue Wort Krieg ließ ich mir dann auch von Ruth erklären. Sie hatte doch wirklich immer den Durchblick, obwohl es mir schien, als wäre sie noch mehr abgeschlossen von aller Welt als ich.

Ich war verdammt dankbar, eine Schwester hierzuhaben, die mir den Krieg erklärte, was die Menschen veranlasst, sich zu bekriegen.

»Einer will das Land von dem anderen, und natürlich geht das nur mit Gewalt.«

Es war sehr oft wie Donnerschläge am Himmel von ferne zu hören, das war also schon ein Anzeichen von Krieg, nämlich feindliche Flugzeuge. Sie haben ganz bestimmte Ziele und dort werfen sie dann ihre Bomben ab, die alles zerstören. Ein Jahr schon tobte dieser Krieg bereits, von dem ich bis zu dieser Stunde der Aufklärung durch meine Schwester keine Ahnung hatte und der auch dann mich noch ahnungslos sein ließ, als all die schrecklichen Verluste, die er mit sich brachte, bekannt wurden.

Wir alle hier hinter den hohen Mauern des Kinderheims seien sicher, das sagten uns die Schwestern, uns würde kein Leid geschehen. Wir verließen uns auf diese beruhigenden Worte, denn Schwestern lügen ja nicht.

Und tatsächlich, außer dem fernen Grollen am Firmament, was alle Tage und Nächte zu hören war, lebten wir in einer Welt trügerischen

Friedens. Es wurde immer getuschelt unter den größeren Mädchen, was so da draußen in der kriegerischen Welt passiert. Die Quelle der Informationen war wohl in der Nähstube zu suchen. Wo man zu jeder vollen Stunde die Nachrichten hören konnte.

Was uns so zu Ohren kam, brachte unsere sozusagen heile Welt in Unordnung. Man konnte nicht gleichgültig bleiben, wenn man erfuhr, was der Krieg bedeutete. Er zerstört den Menschen, auch wenn er mit dem Leben davonkommen sollte.

Besonders nachts, wenn man die vorüberfliegenden Bomber hörte, schliefen wir Kinder unruhig, und es blieb nicht aus, dass uns Gräuelbilder in der Dunkelheit des Schlafsaals plagten.

Neuerdings beteten wir auch gemeinsam morgens und abends für all die Menschen, die den Krieg hautnah erleben mussten. Gar nicht vorstellbar, die Menschheit diesem Moloch *Krieg* auszusetzen.

Mich beschäftigte vor allen Dingen, wozu so ein Krieg überhaupt sein muss, und vor allem, wer ihn angefangen hat.

»Es war Hitler«, war die Antwort auf meine ängstlich gestellte Frage, als ich im Nähzimmer weilte. »Hitler?«, fragte ich gedehnt. »Den kenn ich.«

Das war der, als ich noch ganz klein war und auf den Schultern meines Vaters saß. Wir besuchten damals Opa Gustav in Saarbrücken. Da war inmitten der Stadt die Hölle los, alle Leute warteten auf den Führer, der dann in einem offenen Auto vorüberfuhr, stehend und den rechten Arm ausgestreckt. Die meisten Leute taten dasselbe, und einige riefen: »Heil! Heil!« Musik erklang lautstark, das Deutschlandlied schallte über alle hinweg. Vater versuchte damals vergebens aus der Menge zu kommen, ärgerlich gab er den Versuch auf. Oma und Opa wollten wissen, warum wir so viel später kamen als erwartet. – »Hitler ist an allem schuld«, gab ich zur Antwort. – »Wie wahr, wie wahr, mein Kind«, meinte Vater lachend.

Mit jedem Kriegstag lernte ich ein Stück mehr, diese schreckliche Zeit zu erfassen.

Wieso Menschen in den Krieg zogen, obwohl sie keine Lust dazu hatten.

So lernte ich auch, was es heißt, *blinden Gehorsam* zu leisten und für Führer, Volk und Vaterland sein Leben einzusetzen.

Ruth erklärte mir alles sehr bildhaft: Schwester Angela, unsere ehrwürdige Mutter, sei die Schwester, die uns führt und leitet. Nun solle ich mir vorstellen, dass sie von uns verlangt, Tage bei Wasser und trockenem Brot in der Kapelle unseres Heimes auszuharren und zu beten. Wohl keiner von uns würde da auf die Idee kommen, ihr zu widersprechen. Wir würden alle das tun, was sie von uns verlangt, auch wenn wir nur wenig oder gar keine Einsicht für diese Maßnahmen hätten.

Ich überlegte eine Weile und sah die begeisterte Menge von damals in Saarbrücken, als sie Hitler, unseren Führer, bejubelten.

Wenn es Leute gibt, die als Anarchisten zur Welt kamen, dann war Vater wohl einer, denn ich konnte mich nicht erinnern, dass er damals Hitler zugewunken hatte, er war nur verärgert, dass kein Durchkommen war.

Um Ruth nicht merken zu lassen, dass ich mich doch vielleicht gegen Schwester Angelas Anordnung widersetzen würde, erklärte ich ihr, dass ich das mit dem blinden Gehorsam nun wüsste, denn ich hätte mir niemals vorstellen können, nicht genau das zu befolgen, worum uns Schwester Angela anhielt. Sie schien gütig und liebte uns ganz sicher, wie würde sie da etwas von uns verlangen, das uns geschadet hätte? Also, überlegte ich weiter, wird das mit dem Krieg schon recht sein. Hitler hat doch schließlich uns allen versichert, uns in die Freiheit zu führen.

Freiheit – das war doch überhaupt das Wort, das mich so sehr faszinierte. Für mich bedeutete Freiheit, wieder mit unserem Vater zusammenleben zu können, hier aus dem Heim zu kommen. Aber sicher musste Vater mit so vielen anderen Hitler dabei helfen, diese Freiheit zu erlangen. Freiheit für jeden einzelnen deutschen Bürger. Hitler war für die übrige Welt, was hier für uns Kinder Schwester Angela war, unsere ehrwürdige Mutter, der wir blind vertrauten. Meine Puppe, die einzige, die jeder haben durfte von uns Kindern, sie trug ihren Namen.

Eine weitere sehr verehrungswürdige Schwester hieß Afra. Sie war eine polnische Gräfin, erzählten mir die großen Kinder, was sie nicht scheute, unsere Stallschwester zu sein. Die Tiere und auch wir hatten es gut bei ihr. Samstags vor dem Nachtessen verteilte sie die Schuhe für uns Kinder, so es denn nötig war. Jeder, der behutsam mit seinen Schuhen umgegangen war und sie so noch in der kommenden Woche tragen konnte, erhielt ein Heiligenbildchen. Ich konnte davon kaum was aufweisen, meine Schuhe waren einfach meist kaputt. Schwester Afra tröstete mich, sie meinte, dass ich, da ich doch die Kleinste sei, auch immer die am meisten aufgetragenen Schuhe bekäme, und geschah das Wunder, dass sie noch heile waren am Wochenende, schenkte sie mir gleich zwei Heiligenbildchen. Das sei einfach gerecht, so ihre liebevolle Entscheidung. »Schließlich haben deine Schuhe schon in so vielen Füßchen gesteckt.« Mit dieser Bemerkung entließ sie mich, und ich brauchte kein schlechtes Gewissen zu haben. Bevorzugte Behandlung war nämlich strengstens zu vermeiden, gehörte zum Grundsatz der Erziehung von uns, damit wir nicht auf die Idee kämen, auf lieb Kind zu machen.

Schwester Afra war eine polnische Gräfin, wie gesagt, sie war sich aber nicht zu schade dafür, unsere Stallschwester zu sein, neben ihrer Aufgabe, unseren Schuhaustausch zu regeln. Sie liebte uns, sie liebte die Tiere. Vielen Kindern ging es weniger gut bei Schwester Rosia, einer ganz jungen Schwester. Liebeskummer war der Grund, dass sie Nonne wurde, so jedenfalls brodelte es aus der Gerüchteküche. Sie kannte kein Mitgefühl. Hart fielen ihre Strafen aus, wenn man ihr nicht aufs Wort folgte.

Ich musste viel aushalten unter ihrem strengen Kommando, da ich nach ihrer Meinung in jedem Zopf einen Teufel hätte. Später wurden Ruth und mir ja auch die Zöpfe abgeschnitten, wir hatten nun den üblichen Heimschnitt. Im Dorf nannte man uns *die Krautköpfe*. Man sang Spottlieder wie: »Bei uns am Wald, da steht ein Haus, da gucken hundert Krautköpf raus …«

Obwohl meine Zöpfe jetzt ab waren, sagte Schwester Rosia ihr Sprüchlein auf, dass ich in jedem Zopf einen Teufel hätte. Es rief ihren heftigsten Zorn hervor, wenn ich ihr kokett mitteilte, dass ich ja jetzt auch einen Krautkopf hätte. Sie lächelte dann säuerlich und meinte streng, das sei symbolisch gemeint.

Ich hatte es wahrlich nicht leicht bei ihr, aber ich hatte ja Übung durch meine Mutter, und da war körperliche Züchtigung mit eingeschlossen. Aber hier im Heim schrie ich meist nicht so laut vor Wut und Schmerz.

Richtig qualvoll empfand ich das Wochenende, wenn Badetag war und Schwester Rosia die Aufsicht hatte. Sie tauchte mich dann stets in viel zu heißes Wasser unter, auch mit dem Kopf, und das mehrere Male, sodass ich krebsrot wiederauftauchte, froh, überhaupt am Leben zu sein. Ich bettelte, endlich aus der Wanne rauszudürfen, und kam mir so hilflos vor, dass ich am liebsten losgeheult hätte. Doch diesen Gefallen wollte ich dieser Schwester wahrlich nicht tun. Es kostete mich schon große Überwindung, sie angebettelt zu haben, mich aus dem heißen Wasser zu lassen. »Gott straft dich für all deine Sünden«, das war ihre Rede, wenn ich mich wehrte, denn ich sollte ihrer Ansicht nach ein Gotteskind werden, worauf ich aber lieber verzichten wollte, wenn man dafür so ungerecht leiden sollte. Als ich es wagte, ihr das zu sagen, schlug sie mir mit der großen Haarbürste so fest auf den Kopf, dass ich eine Weile die Sinne verlor. Alle übrigen Kinder sahen beklommen zu, wie immer, wenn eine von uns gestraft wurde. Wir waren ja dem allem einfach ausgeliefert. Hatte Schwester Rosia des Nachts Aufsicht im Schlafsaal, wagte ich nicht einzuschlafen, aus Angst, ins Bett zu machen. Diesen Triumph wollte ich ihr nicht gönnen. Mit dem nassen Bettzeug mussten wir hinab in den riesigen Keller, eigentlich mehr Katakomben, um die Wäsche in einem Kessel einzuweichen. Da kamen mir allerdings ernsthafte Bedenken, ob da unten etwa der Teufel auf mich lauerte, um mich mit in die Hölle zu nehmen. Er war doch immer präsent, denn das Gute, nämlich Gott, liegt nah beim Bösen, nah beim Teufel also.

Untereinander besprachen wir meist nicht unsere Ängste und Nöte, wir glaubten, dass auch das nicht erlaubt sei und dementsprechend Folgen hätte.

Jedenfalls trug ich noch bis ins Erwachsenenalter eine schwere Last mit unserer Heimerziehung.

Erfreuliche Dinge wie ein Päckchen mit lauter süßen Sachen von Oma Johanna und Opa Gustav, auch von Tante Anna, das war genau das Richtige, was uns tröstete und die Welt der Zucht und Ordnung wieder erhellte. Welche überaus große Freude wäre es doch gewesen, auch von unserem Vater so süße Sachen zu bekommen, die uns gezeigt hätten, wie lieb er uns doch hat. Aber nichts geschah, nichts, keine Päckchen, ja nicht einmal eine einzige Zeile. Dass unsere Mutter nichts von sich hören ließ, das konnte vor allem ich mir ja auf mannigfaltige Weise erklären, das störte mich zum Beispiel auf keinen Fall mehr.

Unsere Süßigkeiten aus den jeweiligen Päckchen mussten wir mit allen Kindern des Heimes teilen, es blieb nicht viel für das einzelne Kind. Darum wagte ich laut den Vorschlag zu machen, doch jeweils mit nur einer kleineren Gruppe Kinder zu teilen. Diese Äußerung musste ich bitter büßen; ich wurde mitten in der Nacht aus dem Bett geholt, und man erklärte mir, was für ein halbherziger Nichtsnutz ich sei. Dann musste ich den Po freimachen und bekam den Rohrstock zu spüren. Die Schläge sah ich nicht einmal so schlimm, zumal sie Schwester Rosia nicht austeilte, aber so hilflos dieser Demütigung ausgesetzt zu sein, das war schrecklich; ich schämte mich außerdem zutiefst meiner Nacktheit.

Für den Rest der Nacht lag ich heulend in meinem Bett und wünschte mir ernsthaft, tot zu sein. Fluchtpläne reiften wieder und retteten mich über diese schmachvolle Nacht hinweg. Schon oft waren diese Gedanken, zu flüchten, ein wirklicher Trost. Ich überwand in meiner kindlichen Vorstellung ganz selbstverständlich die hohen Mauern, die das Kinderheim umgaben. War dann wieder der Tag gekommen, fand ich Trost, dass ich unter all den anderen Kindern war, denen es auch nicht besser erging, und ich liebte diese Gemeinschaft all dieser Leidensgenossinnen. Nicht zu vergessen, da war ja auch noch meine geliebte Schwester Ruth, auch wenn ich nicht so richtig mit ihr zusammen sein durfte. Niemand konnte sie mir aber wegnehmen. Das Jahr 1938 brachte mir ja endlich das große Ereignis, in die Schule zu kommen, das versöhnte mich mit meinem Schicksal.

Was mich aber in jedem Fall immer wieder aufrichtete, war die Hoffnung auf ein Wiedersehen mit meinem Vater. Dafür lohnte es sich, durchzuhalten. Alles gar nicht so schlimm, sagte ich mir immer und bewahrte mir die schönen Stunden in meinem Herzen. Ich freute mich auf alle Festtage, die kamen, und vor allem auf die Geburtstage der Heimkinder. Dann herrschte meist eine gute Stimmung. Es wurde gemeinsam gesungen und getanzt, und bei den einzelnen Mahlzeiten war der Teller der Geburtstagskinder festlich von Blumen umrankt. Sehr oft waren es zwei oder gar drei Kinder, die es zu feiern galt.

Es wurde uns schließlich ja auch beigebracht, immer daran zu denken: Wie Gott will, ich halte still. Es ist schon sehr erstaunlich, mit welch einem Lebenswillen uns die Natur doch ausstattet.

Auf Regen folgt Sonnenschein, das war meine Strategie. Belohnt wurde ich dafür mit einem robusten Optimismus, der mich über die Zeit trug. Ich hatte manchmal sogar so viel Leichtigkeit in mir, dass ich selbst ältere Kinder zu trösten versuchte. Dass sich bei keinem der Kinder, wie ich zumindest glaube, eine Hornhaut auf der Seele gebildet hat, das haben wir wohl der Tatsache zu verdanken, dass wir wie Pech und Schwefel zusammenhielten.

Wir waren unbekümmert, wie es nur Kinder sein können.

Ein Tag flog dahin, schneller als der Wind, wollte uns scheinen. Morgens um sechs Uhr aufstehen, im Winter um sieben. Zur Hauskapelle eilen, unsere Gebete verrichten, fromme Lieder singen, immer der

Zeit entsprechend. Dann hieß es frühstücken, meist mit Sprechverbot, besonders in der Fastenzeit oder vor Weihnachten. Man hörte dann nur das laute Klappern des Geschirrs und unterdrücktes Lachen. Wir fanden auch das reizvoll, uns mit Zeichensprache zu verständigen, und dabei zeigte sich besonders unser aller Talent für das Improvisieren. Dieses Pantomimespiel lag uns besonders, wir nahmen es oft freiwillig auf uns.

Nach dem meist vergnüglichen Frühstück ging es zum Sportplatz des Hauses, was nur bei Schnee und Eis nicht stattfand. Hier vollführten wir, immer in Begleitung einer Schulschwester, Verrenkungen aller Art, jedenfalls wie wir die Gymnastik allgemein empfanden, dieses morgendliche Gehopse. Für uns war auch das wiederum ein Grund, Anlass zu Lachanfällen zu haben. Wir wurden streng zur Ordnung gerufen, bekamen auch massive Strafen, lachten wieder, es war einfach nicht zu unterdrücken, wenn einer von uns damit anfing.

Einige der Schulschwestern ignorierten das vollkommen, andere wiederum straften uns, wie gesagt, ganz schön hart, in unterschiedlichster Weise. Meist musste man bei nicht erfolgter Mahnung in der Kirche sitzen und den Rosenkranz beten. Damit das auch wirklich passierte, wurde auch hier eine Nonne als Aufpasserin mitgeschickt. Die Zeit für dieses Rosenkranzbeten geschah immer dann, wenn wir uns zur Mittagspause zurückzogen und schlafen, ruhen oder auch lesen konnten, wie immer in unserem großen Schlafsaal. Ich muss zugeben, das tat ich jedenfalls lieber, als in der Kapelle hocken und Rosenkranz beten. Leider wurde ich aber oft erwischt, dass ich mir ein Lachen nicht verkneifen konnte.

An den Wochenenden hieß es, die elend langen Wege von Hof und Garten zu fegen. Jeder von uns hatte eine ganz bestimmte Wegstrecke zu kehren, was ganz schön anstrengend war. Ich jedenfalls war immer außer Puste, der Besen allein war schon so schwer. Als ich dann nicht mehr ganz so klein war, bekam ich zwar eine größere Wegstrecke, die ich kehren musste, aber es ging mir doch leichter von der Hand. Einmal kroch unter einen Eimer, der am Wege stand, ein großer Feuersalamander. Ich hatte seine Ruhe gestört und er mir meine Vorstellung, kein Angsthase zu sein, denn ich schrie wie am Spieß. Ich hatte unter den Heimkindern den Spitznamen Anna Lappwaschen der Hasenfuß. Einige Worte, wie Waschlappen, waren eben kompliziert für mich. Da ich das jüngste Heimkind war und blieb, amüsierte man sich oft über meine Sprechweise. Später blieben die Begriffe einfach so, weil alle es lustig fanden, und noch heute ist der Lappwaschen Grund, sich zu amüsieren.

Es gab ein einziges männliches Wesen in unserer Klosterschule, das war Pfarrer Lutz, der die Sonntagsmessen las. Er trug, ganz wie die Nonnen, einen schwarzen Talar, keine Haube, wie die große Schar der Glaubensschwestern, sondern ein merkwürdiges Käppi, das aber das ganze Haupt verdeckte und irgendwie lustig aussah. Er hinkte, weil, wie wir uns flüsternd gegenseitig erklärten, er einen Klumpfuß hatte. Obwohl keiner von uns wusste, was ein Klumpfuß ist, fanden wir es ein wenig gruselig, so lustig auch sonst seine Kopfbedeckung aussah. Er zeigte eigentlich kein besonderes Interesse an uns, er hielt seine Messe ab und verschwand wieder genauso schnell, wie er gekommen war. Er schien sich unter unserer Klostergemeinschaft nicht wohlzufühlen.

Im Spekulieren um seine Person waren unserer Phantasie mal wieder keine Grenzen gesetzt. Einige verstiegen sich so weit, dass sie glaubten, er käme aus der Hölle. Das war natürlich der Klumpfuß, der zu solchen wenig schmeichelhaften Ansichten führte, und auch die roten Haare, die unter dem Käppi deutlich hervorlugten. Dann hieß er auch noch Lutz, und wir Kinder glaubten, das Rätsel gelöst zu haben. Erzählten uns doch die Schwestern immer, dass Satan mitten unter uns lebt. Natürlich waren wir vorsichtig genug, den Schwestern unsere Vermutung nicht kundzutun, das wäre auf heftigen Widerstand gestoßen, was mit noch heftigeren Strafen belegt worden wäre. Das wollten wir uns nicht einhandeln, es blieb unser Geheimnis. Wir beobachteten genau, was er während der kurzen Zeit bei uns tat, aber außer den äußeren Zeichen verhielt er sich nicht anders als all unsere Schwestern, nur dass er nie das Wort an uns richtete, also es erfolgte nie ein persönliches Gespräch. Aber in der letzten Zeit betete er immer nach der Messe mit uns für »Führer, Volk und Vaterland«.

Nein der Krieg war noch nicht zu Ende, wenn wir auch wie ein Bollwerk gegen die Unbillen dieser Welt schienen. Dieses Kloster betete mit seinen so unterschiedlichen Insassen für den Frieden der ganzen Welt. Unsere Gebete wollten mir erfolglos scheinen. Bis auf die Tatsache, dass der Feind an unserem Gebiet kein Interesse zu haben schien und wir so in Frieden gelassen wurden, tobte der Krieg dort, wo er glaubte, die vollkommene Zerstörung zu erreichen. Das war ganz einfach Glück für uns und nicht die himmlische Vorsehung, wie man uns Kindern sagte. Nun kapierte auch ich: Gottes Vorsehung war menschliche Strategie.

Mittlerweile genossen wir alle den schneereichen Winter 1940. Schlittenfahren bis zur vollkommenen Erschöpfung, das war zurzeit angesagt. Hinter dem Kloster unseres Heimes war ein steiler Berg, der hinaufzuklimmen viel Kraft kostete, dann aber bergab ein ungeheures Vergnügen war. Damit diese Rodelpartien möglich waren, verzichteten wir auf das Mittagsschläfchen. Selbst die Stubenhocker unter uns ließen sich dieses Vergnügen nicht entgehen. Eigentlich gehörte zu diesen Stubenhockern auch meine Schwester, doch selbst ihr gefielen in diesem Jahr unsere waghalsigen Winterfreuden. Nie mehr habe ich später dieses kindliche weiße Vergnügen erlebt. Was man als Kind erlebt, besitzt man ein Leben lang.

Da ich aber gerade auch in diesem Winter 1940 sehr oft in der Nähstube war, wo es ja ein Radio gab, hörte ich öfter Reden von Adolf Hitler. Ich konnte mit wenigen anderen Kindern sagen, dass ich ihn schon einmal gesehen hatte. Sein Äußeres fand ich irgendwie im Widerspruch zu seinen gezielt aufrührerischen Reden. Seine österreichische Sprechweise, mit dem rollenden „R" und dem theatralischen

Heben und Senken der Stimme, stellte die absolute Bedrohung dar für jeden, der nicht für ihn war. Dann aber mit dem Schnauzbärtchen und der wenig männlichen Ausstrahlung hatte er eine komödiantische Note. Jedenfalls im Laufe der Zeit, im Laufe der Kriegszeit, war das meine, vielleicht durchaus gefährliche, Meinung.

Mit jeder Phase des Erwachsenseins, des Erwachsenwerdens ist politisches Denken im Spiel, und das unbeschwerte Leben ist dadurch dem kurzlebigen Zauber der kindlichen Freude enthoben.

Plötzlich machte ich mir Gedanken, dass dieses Grollen am Himmel nicht nur bedeutete: Wir haben Krieg, sondern es forderte Menschenleben. Ich war darüber so erschrocken, dass ich es fast vermessen fand, in so friedlicher Weise hier zu leben. Es gab aber auch Kinder, die nicht über diese Dinge nachdachten, die einfach unbeschwert blieben. Irgendwie musste es damit zusammenhängen, dass sie gänzlich ohne jedes Elternteil aufgewachsen sind. Um wen sollten sie bangen, sie hatten keinerlei Bindung. Ich dagegen, und auch Ruth ganz sicher, wir bangten nicht nur um unseren geliebten Vater, sondern auch um unsere Mutter und unsere Großeltern. Ich mochte mir gar nicht vorstellen, dass sie in einem Bombenhagel umkommen könnten.

Ich wusste, auch wenn wir nicht darüber redeten: Ruth wird auch von diesen Gedanken gequält. Ich glaubte, dass man nicht immer über alles reden muss, wenn man sich sehr nah ist, besonders nicht über die traurigen Gedanken.

Es gab neuerdings noch ein Geschwisterpaar, sie hatten ebenfalls noch beide Elternteile, obwohl wir ja in einem Waisenhaus waren. Die Älteste hieß Edith und sie war blond und blauäugig wie Ruth, die andere hieß Stefanie, und sie hatte wie ich dunkle Haare und braune Augen. Da wir ja sowieso nicht mit der eigenen Schwester spielen und überhaupt zusammen sein sollten, war das natürlich für uns ein Glücksfall. Sogar altersmäßig passte es. Außerdem waren wir vier nicht so sehr verwurzelt mit dem Kinderheim wie die übrigen Kinder, die meist schon als Babys hier lebten.

Mittlerweile waren auf der Protestpinklerseite auch nur noch zwei Kinder in diesem Kriegsjahr 1940. Sie weinten viel, fanden aber Trost und Verständnis bei uns anderen, was wohl nur dort meist funktioniert, wo man soziale Unterschiede nicht kennt.

Es blieb nicht aus, dass nicht nur ich sinnierte, ob man automatisch böse wird, wenn man dem Kindesalter entwachsen ist. Denn wir Kinder lebten untereinander friedvoll, wir waren nicht darauf aus, traurige Stimmung zu machen und somit einem anderen Kind zu schaden, ganz im Gegenteil.

Es scheint, wie mir schon so oft durch den Sinn geht, dass die Erziehungsberechtigten oder die Vorgesetzten meist vergessen haben, dass sie auch mal Kinder waren.

Alles lässt sich regeln durch gute Worte, besonders die Erziehung der Kinder, denn keine Einwirkung auf das kindliche Gemüt ist ohne große Gegenwirkung. Sieht ein Kind sich der Arglist der Umwelt ausgesetzt, und das immer wieder, kann es gnadenlos auf Rache sinnen, da ihm moralische Bedenken dabei nicht kommen, es will sich befreien von der Allmacht des Erwachsenen.

Unser Heim war eine kirchliche Einrichtung, wir waren Zöglinge dieser Einrichtung, darum auch sicher der Anspruch der meisten Nonnen, aus uns ordentliche Menschen zu machen, was man deren Ansicht nach *nur* durch harte Erziehungsmaßnahmen erreichen konnte.

Wir Kinder wussten es anders, aber das war hier ja nicht entscheidend.

In unserem Heim gab es nirgendwo einen Spiegel. »Wir werden wohl Vampire sein«, äußerten manche Mädchen, »die können sich ja ohnehin nicht darin sehen.« Wir fanden das äußerst lustig, hatten wir doch bereits längst entdeckt, dass man sich auch in den Fensterscheiben sehen konnte, wenn auch nicht so deutlich. Das war eine Entdeckung, die in unserem nicht gerade abwechslungsreichen Leben zu Heiterkeitsausbrüchen führte. Lachen, miteinander lachen, das wollten wir, das tat uns gut, und das zeigt doch eigentlich, dass der

Geist der Kinder noch ungetrübt ist. Gibt es doch das schöne Lied, worin es heißt: »Wie selig, wie selig, ein Kind noch zu sein …« Jetzt hörte ich auch immer wieder das Lied, wenn ich im Nähzimmer half, die Wäsche auszubessern: »SA marschiert …«

Das Lied, das mir schon in der Wiege in den Ohren klang und das den anderen Mädchen sicherlich auch eher bekannt wurde als »Hänsel und Gretel gingen durch den Wald«.

Einige Kinder waren begeistert, sangen mit, ich auch, es zuckte mir in den Beinen, denn stillsitzen war ohnehin nicht mein Ding. Ruth aber ließen solche Kampflieder kalt, da gefielen ihr schon besser die Kirchenlieder. Nach Hitlers Rede, die folgte, waren wir, die Deutschen, »die Herrenmenschen«.

Das stand im direkten Widerspruch zu dem, was wir hier eingetrichtert bekamen. Hier waren wir kleine graue Mäuse, die voller Demut ihr Tagwerk zu vollbringen hatten. Dieser Gedanke vom Herrenmenschen muss Hitler gekommen sein, als er im Ersten Weltkrieg als Schütze Arsch im Schützengraben gelegen hatte. Das glaubte jedenfalls Ida, eines unserer erwachsenen Mädchen, die wir auch in der Nähstube antreffen konnten und die uns besonders das Flicken der Bettwäsche lehrte. Neue Sachen durften wir noch nicht hervorbringen, zuerst ausbessern, und wenn man das einwandfrei beherrschte, konnte man in die Liga der Näherinnen aufrücken. Hier im Heim, das übrigens Marienheim hieß, lief alles nach strengen Regeln, ungeschriebene Gesetze, ohne die wohl keine Gemeinschaft existieren kann. Kommt nur darauf an, ob es auch für den Einzelnen gut ist. Nach all den Jahren vollkommener Unterwerfung glaube ich das eher nicht.

Es machte sich das Gerücht breit, unser Marienheim würde geräumt und ein Lazarett für Soldaten werden, die hier von bestimmten Nonnen oder von einigen erwachsenen Mädchen wiederhergestellt werden sollten. Hergestellt, das war ein offizielles Wort, wenn die verwundeten Soldaten wiederhergestellt werden sollten. Sie mussten wieder für den Kriegseinsatz tauglich sein, ganz wie ein beschädigter Panzer, der muss auch wiederhergestellt werden, um sich dem sinnlosen Kampf erneut zu stellen.

Eine Sprache verarmt in den Kriegszeiten, sie wird roh.

Die Erwachsenen wurden für mich immer unverständlicher, und ich überlegte vor allem des Nachts, wie es wohl da draußen in der Welt zugeht und wie Ruth und ich unser Leben meistern würden.

Unsere Eltern würden uns behüten, was viele Kinder hier nicht sagen konnten. Warum sich also groß sorgen? Aber die Nacht ist auch die Zeit der Albträume. Ich werde Vaters Kind sein und Ruth Mutters Kind, so meine Vorstellung von der Umsorgung unserer Eltern. Natürlich liebte unser Vater uns beide gleich, das haben ja die wenigen Jahre unseres Familienlebens gezeigt.

Dass Ruth die volle Liebe unserer Mutter hatte, das war für mich kein Grund zur Eifersucht. Vielleicht war die sehr frühe Erfahrung ihrer Ablehnung der Grund, dass ich nie eine Liebe zu ihr aufgebaut hatte.

Außerdem hatte ich meine Schwester so lieb, dass ich froh war, dass wenigstens sie es gut bei unserer Mutter hatte.

Täglich betrachtete ich mir unser riesiges Eingangstor, das den aristokratischen Charakter unseres Hauses, besser Heimes, so richtig unterstrich. Alles in allem hätten hier auch Fürsten wohnen können. Nie mehr danach sollten wir so herrschaftlich wohnen. Imposant nannte es Großvater Gustav, als er uns zum ersten Mal besuchte. Der Anlass war ein ganz besonderer.

Es war der Weiße Sonntag, wo vier Kinder, darunter auch Ruth und ich, mit der hauseigenen Kutsche und vier Pferden davor in die Dorfkirche kutschiert wurden. Damit wir uns dieses Tages auch ganz bewusst waren, erklärten uns die Nonnen, dass wir nun Bräute Christi wären. Zumindest waren wir wie kleine Bräute hergerichtet – ganz in lange weiße Kleider waren wir vier eingehüllt. Allein zwei Unterkleider trug jede von uns, auf dem Kopf ein weißer Kranz, in den Händen eine umschleierte Kerze. Die Haare hatte man uns Monate zuvor nicht mehr geschnitten, sodass wir alles andere als Krautköpfe waren.

Ich glaube, die Dorfgemeinschaft hat sich ordentlich gewundert über unsere Verkleidung. Ich jedenfalls war an jenem Tag stolz und sehr glücklich. Wir durften mit Großvater und Tante Anna, die ebenfalls gekommen war, im Gästehaus speisen. Hierbei konnte man wirklich von speisen reden. Ich kann mich jedenfalls nicht erinnern, einmal nur so feine Sachen gegessen zu haben. Speisen, die ich nicht einmal kannte. Ich aß wie ein ausgehungerter Wolf. Ruth war an diesem unserem großen Tag sehr still, sehr in sich gekehrt. Ich weiß, dass sie sich mit dem Gedanken trug, selbst Nonne zu werden. Vielleicht dachte sie, am Weißen Sonntag wäre der rechte Tag der Entscheidung. Wie auch immer, ich ahnte wie so oft ihre Gedanken und ermahnte sie, mehr von den guten Dingen zu essen, denn das würde es ganz sicher nie mehr geben. Großvater fragte mich besorgt, ob wir denn hungern müssten hier im Kloster. »Nein«, beteuerte ich ihm schnell, »es ist nur ein tägliches Einerlei«, und ich zählte auf, was es von montags bis sonntags immer gab, eben immer das Gleiche. Ich erfand dafür den Namen, im Gedenken ans Leipziger Allerlei, »Marienheim-Einerlei«. Großvater musste lachen. »Euer Vater«, so erklärte er uns, »war auch oft aufsässig. Fügte sich eben so ungern wie seine Tochter Anna. Ruth schlägt da mehr nach eurer Tante Anna, eigentlich meist gehorsam, lammbrav.« Er blickte dabei seine Tochter liebevoll an.

Tante Anna blieb mir eigentümlicherweise fremd. Ich hatte das Gefühl, sie war froh, als sie gegen Abend wieder nach Hause konnte, fort von diesem Heim, dieser ganzen Situation. Später dachte ich, dass sie sich vielleicht ein wenig schämte, dass die Kinder ihres Bruders Heimkinder waren. Tante Anna zeigte uns Fotos von ihren beiden Töchtern Margot und Hildegard, die beide je um zwei Jahre jünger als wir beide, ihre Nichten, waren. Vielleicht wollte sie sich damit rechtfertigen. Sie erklärte uns, dass sie leider nach Hause müsse, nicht noch bis Montag bleiben könne, denn viel Arbeit erwarte sie. Tante Anna hatte ja mit ihrem Mann, Onkel Bruno, eine große Bäckerei in Merzig an der Saar, wo Ruth geboren wurde.

Es war ein eigenartiges Gefühl, mir die Heimat vorzustellen, und obwohl mir das kaum gelang, kam Heimweh in mir auf, genau nach dieser Heimat, die ich nicht mal recht kannte. Wie gerne hätte ich nach unserem Vater gefragt, aber ich spürte sehr genau die Beharrlichkeit, mit der man darüber schweigen wollte, Opa und Tante Anna.

So blieb dann trotz des schönen Tages am Abend eine gewisse Traurigkeit zurück. Besonders als wir angehalten wurden, nach der Abendandacht in unserer Kapelle die festlichen weißen Kleider auszuziehen und sie Schwester Rosia zu übergeben. Es war wie der Abschied eines nie wiederkehrenden Glücks. Als ob Ruth meine Traurigkeit spüren würde, tröstete sie mich, dass doch der nächste Tag auch noch schön sein würde. Wir dürften wieder im Gästehaus mit Großvater sein.

Nur ungern zog ich meine von Opa Gustav geschenkte Kette aus. Ich hielt das Kreuz, das die Kette schmückte, ein helles Achatkreuz, ganz fest in meinen beiden Händen, nicht bereit, sie herzugeben. »Du bekommst sie morgen wieder, nun gib schon her«, so Schwester Rosia in ihrer gewohnt mitleidlosen Art.

Ich musste mich von meinem gerade gewonnenen Schatz trennen, da half kein Protest. Ich wollte ja auch nicht, dass diese schöne Kette von dem Gezerre kaputt ginge. Schließlich sagte ich mir, morgen bekomme ich sie ja wieder, und über morgen hinaus wollte ich erst gar nicht denken. Außerdem wäre es ein Sieg für Schwester Rosia gewesen, wenn die Kette gerissen wäre, das zu erkennen, machte die Sache leichter.

Die Kinder, die keinen Weißen Sonntag wie wir vier erleben durften, hatten aber auch einen besonderen Tag, denn es gab Kuchen und gutes Essen, das ganze Haus hatte Anteil an unserem großen Tag.

In dieser Nacht schlief ich so gut wie schon lange nicht mehr, mit der Freude vor allem, dass unser Großvater noch da war und wir den ganzen nächsten Tag mit ihm verbringen durften.

Ruth und ich hatten es ja endlich geschafft, nicht mehr auf der Bettnässerseite liegen zu müssen. Ich glaube, dass wir uns halt wirklich mit allem abgefunden hatten und, glaubt man den Gerüchten im Hause, ja bald wieder zu Hause sein würden. Auch Großvater ließ uns wissen, dass es gut möglich sei, dass unsere Mutter uns bald abholen käme. Das waren Aussichten, die uns getrost noch hier ausharren ließen.

Wo aber würden die Kinder hinkommen, die eigentlich gar kein Zuhause hatten? Fragen war nicht erlaubt, wir mussten abwarten. Ruth erklärte mir, jeder habe Großeltern, Tanten und überhaupt Menschen, die zu ihm gehören. Jedenfalls, mir gab es unerhört viel Kraft, dass wir noch unsere Eltern hatten, obwohl ich eigentlich ja dachte, dass unsere Mutter gestorben sei. Aber das war mein Geheimnis, darüber würde ich auch mit Ruth nicht sprechen wollen.

Der Abschied von Großvater fiel uns beiden sehr schwer. Jetzt begann wieder die triste Zeit eines Heimlebens. Wir winkten unserem liebevollen Opa Gustav noch lange nach. Dann schloss sich wieder das riesige Tor vor uns, das uns von der Außenwelt abschnitt. Aber sonderbarerweise überfiel mich nicht allzu sehr die Wehmut, mit der ich so oft zu kämpfen hatte. Heute am Abschiedstag von Opa Gustav durften wir noch unsere Ketten tragen, die wir ja anlässlich unserer ersten heiligen Kommunion erhalten hatten.

Großvater kam aus Idar-Oberstein, dort, wo es die großen Funde an Edelsteinen oder Halbedelsteinen gab und wo es so viele Edelstein-schleifereien gibt. Die Urgroßeltern von uns besaßen einmal eine solche Schleiferei, aber im Ersten Weltkrieg war das alles dadurch verloren gegangen, dass unser Urgroßvater im Ersten Weltkrieg sein Leben ließ. Es war tröstlich, wenn ich das kleine Achatkreuz fest mit meinen Händen umschließen konnte, ganz so, als ginge eine geheimnisvolle Kraft davon aus. Aber unweigerlich kam der Abend und damit die Abgabe unseres Kleinods. Sonntags dürften wir es tragen, tröstete man uns. Es waren auch noch mehrere Kinder, denen man dieses Versprechen gab; Kinder, die diese Zeremonie schon lange kannten. Alles war hier wirklich bis ins Kleinste geregelt. »Gott schütze dieses Haus, doch ich will hier *raus*«, das war ein Sprüchlein, das irgendwer erfunden hatte und das unter Kichern die Runde machte.

Unser Großvater war von all den so bestens organisierten Dingen vollkommen begeistert. »Hier kommt ihr nicht auf dumme Gedanken«, meinte er durchaus fürsorglich. »Der Krieg ist hier auch noch nicht angekommen, was für uns alle, die wir euch lieb haben, eine große Beruhigung ist.«

Tief beeindruckt war Opa Gustav von dem Kreuzgang in unserem Garten. Alle dreizehn Stationen, die Jesus mit dem schweren Kreuz auf dem Rücken gegangen ist, bis hin zu Golgatha, also die ganze Strecke des Kalvarienbergs, waren lebensnah in unserem Heim wiederzufinden. An jedem Karfreitag eines Jahres gingen wir alle mit Pater Lutz diesen leidvollen Weg. Wir trugen auch ein Kreuz, und in diesem Jahr waren das wir vier Kinder, die am Sonntag nach Ostern zur ersten Kommunion gehen durften. Reihum schleppten wir das Kreuz, das natürlich nicht besonders schwer war. Es sollte ja auch nur einen symbolischen Charakter haben. Ich war immer voll bei der Sache. Mir spiegelte in meinem Herzen der tiefe Schmerz über dieses brutale Geschehnis. Das sollte keiner mitmachen müssen, dieses würdelose Schauspiel, das Menschen einem Mitmenschen antun, und ich ließ mir schon gar nicht gerne sagen, dass dies Gottes Wille war, um die Sünden der Menschheit zu büßen. Wo bleibt da die Gerechtigkeit? Wer sündigt, so diskutierte ich mit den anderen Kindern, der soll selber eine Schuld abtragen. Die meisten Kinder waren da auch meiner Ansicht. Jesus hat das alles freiwillig getan, sagten andere wiederum. Sie sahen es einfach so, dass Gottvater seinen einzigen Sohn für uns geopfert hat. Viel zu stark waren wir alle in diesen katholischen Glauben eingebunden. Wir tauschten unsere Meinung aus, stritten aber niemals über das Thema, ob es überhaupt diesen Gott gab in seiner großen Allmacht. Man hätte uns sicher, wie in so vielen Dingen, geantwortet: Werdet erst einmal erwachsen. Eigentlich dachte ich es mir unerhört interessant, *erwachsen* zu werden. Eine Illusion, wenn es darum ging, die Welt mit all ihrem Unbill verstehen zu wollen. Ein weiser Mann sagte einmal: »Die Illusion ist die göttliche Schwester der Intuition.« Das kann ich ihm jetzt, da ich erwachsen bin, bestätigen.

Ab da, wo uns unser Großvater Gustav nach der feierlichen ersten heiligen Kommunion wieder verließ, war mein Leben nur noch von einer heftigen Erwartungshaltung geprägt.

Immer wenn das große Tor bei uns sich zur Außenwelt öffnete, was regelmäßig durch einen sirenenartigen Ton vernehmbar war, dachte ich: Jetzt ist es endlich so weit, die Freiheit ruft. Freiheit, die mit dem ersten Atemzug eines Menschen aufgesogen wird, und wer sie erhalten will, der muss stärker sein als die, die ihm dieses angeborene Recht nehmen wollen.

Mittlerweile erfuhr ich auch nicht mehr nur durch gut organisierte Gerüchte, was in dem kriegsgebeutelten Deutschland los war. Ich hörte selbst Nachrichten aller Art, auch Sender, die absolut verboten waren. Die hörte ich natürlich besonders gern, das entsprach mehr meiner Natur.

Ich sah der Gefahr immer lieber ins Auge, als unvorbereitet von ihr getroffen zu werden. Die Wahrheit ist immer ganz konkret, und wenn auch die andere Seite der Berichterstattung bestimmt nicht ganz bei der Wahrheit blieb, so war es leichter, diese Lügen zu verdauen. Die Wahrheit ist leider auch oft schmucklos, wir lieben es auszuschmücken. Wer wüsste das besser als ich, die ständig in Gefahr war, für Wahrheiten bittere Strafen sich einzuhandeln. Aber damit war ich ja hier in unserer Klosterschule nicht ganz allein.

Ich machte mir schrecklich viele Gedanken um den Krieg. Was wäre gewesen, wenn ich ein Junge geworden wäre, wie meine Mutter es ja allzu gern gehabt hätte? Noch vielleicht sechs Jahre, und würde ich dann wirklich gern in die Schlacht ziehen, wie es so heroisch klingt? Ich habe mir das in langen Nächten schon oft ausgemalt und bin immer zu der Überzeugung gekommen, ich würde mich während der Schlachten *tot*stellen. Bestimmt wird auch so mancher Soldat so reagieren, wer könnte das nicht verstehen? Der Krieg hat so viele vernichtende Varianten, dass dies allein dadurch schon eine massive Bedrohung für jeden Einzelnen ist, auch wenn er sich nicht an der vordersten Front befindet. Wer ein empfindsames Herz hat, stirbt täglich alle Tode mit, die der Krieg fordert.

Kaum zu verstehen, dass es begeisterte, kriegshetzerische Menschen gibt, die ausgerechnet in den Reihen zu suchen sind, die auch über die Macht verfügen. Diese Barbareien anzuzetteln, immer mit dem Anspruch, natürlich ihre Macht auszudehnen, und wie bei Hitler am besten über die ganze Welt. Der Größenwahnsinn eines Einzelnen stürzte die ganze Welt in den Abgrund. Wie konnte das passieren? Diese Frage bleibt. Auch wenn der Erste Weltkrieg für das ganze Chaos des Zweiten Weltkriegs eine gewisse Voraussetzung sein könnte, bleiben massive Erklärungsnöte.

Geschürter Hass der Naziredner, der Kriegshetzer, hatte dadurch Erfolg, dass das Volk, das gesamte deutsche Volk, sich in tiefster Not befand und alles recht schien, was man dieser Not entgegensetzen konnte. Dabei war schon klar geworden, dass nach einem Krieg Sieger und Besiegte einzig nur einen Rückschritt der eigenen Kultur erfahren mussten.

Anfang 1942 heulten auch bei uns vermehrt die Sirenen. Verirrte Bomben schlugen rings um unsere friedliche Welt ein. Richteten keinen allzu großen Schaden an, sorgten aber doch für Angst und Schrecken.

Wir strickten weiterhin für die Soldaten eifrig Socken und dachten uns aus, wie sie sich wohl daran erfreuen würden und wie die Sockenträger vielleicht ausschauen könnten. Jede von uns hatte so ihre Vorstellung von dem jeweiligen Empfänger unserer handarbeitlichen Zuwendung.

Wir diskutierten sehr oft, sicher viel zu oft, wie so ein Krieg eigentlich seinen Anfang nehmen kann, mit der ganzen grausamen, unheilvollen Vernichtung. Zu einem Ergebnis kamen wir nie, aber wir wussten genau: Der Krieg hat auch unserer Kindheit irgendwie ein

Ende gesetzt, selbst wenn wir hier noch verschont blieben, satt wurden und einfach fast noch so etwas wie Frieden fanden. Doch wir fühlten es alle, das konnte nur eine Gnadenfrist sein.

Er lässt niemanden aus, der Krieg, was wir dann auch bitter erfahren mussten, jedenfalls was Ruth und mich betraf.

Bald sollten auch wir wissen, was es heißt, Hunger zu schieben. Da stirbt wirklich jeder geistige Anspruch des Menschen, er denkt nur noch daran, wie er satt werden kann.

Unser tägliches Einerlei hier im Heim, was das Leben selbst betraf, und das Essen im Besonderen, das nahmen wir gelassen hin. Zumindest die meisten von uns. Sich dagegen aufzulehnen schien uns jetzt in den harten Zeiten des Krieges auch nicht mehr angebracht. Es war tatsächlich schon so, wir waren dankbar für unser wohlbehütetes Leben. Es kamen keine neuen Kinder mehr in unsere Klosterschule, sodass selbst Stefanie und ich, die wir die Jüngsten waren, nur mit unseren zehn Jahren schon als kleine Erwachsene galten. So jedenfalls sagte es uns die Schulschwester Canisia. Darum erhielten wir auch jetzt insgesamt Aufklärung in mancher Richtung. Zum Beispiel, und das schien wirklich das Wichtigste, über den Krieg. Demnach wollte Hitler Deutschland zur Großmacht verhelfen. Aber viele von uns glaubten, dass sich das deutsche Volk einzig nach dem täglich normalen Leben sehnte. Sie wollten satt werden und in der kalten Winterzeit ihre Stuben heizen können. Unsere Schulschwestern blieben durchaus politisch, sie waren in Schulungen gegangen und sangen jetzt auch Hitlers Kampflieder. Noch trugen wir nicht die Kleidung der Jungmädel oder des BDM. Wir trugen weiterhin unsere kittelartigen Heimuniformen, schmucklos und praktisch. Gingen wir einmal wirklich in die Dorfkirche, an besonderen Tagen, kam ich mir immer in der feinen und überhaupt nicht mehr einheitlichen Kleidung wie verkleidet vor. Es waren meist die Sachen, die wir am zweiten Tag unserer Erstkommunion getragen hatten. Manche Kinder waren rausgewachsen, sie bekamen dann ein maßgeschneidertes Kleid, das von Schwester Afra angefertigt war. Sie war also nicht nur die Stallschwester, wie ich immer wieder feststellte, und Verwahrerin der Schuhe, nein, sie zauberte auch für uns die hübschesten Kleider. Jedes von uns Kindern war natürlich froh, aus den alten Klamotten herausgewachsen zu sein. Wir jüngsten Kinder mussten sie auftragen, und wir kamen nie in den Genuss von Schwester Afras selbst gefertigten, wirklich hübschen Kleidern.

Langsam wurden wir zu großen Kindern, deren Schulunterricht in Biologie ernsthafter wurde. Die Entstehung des Menschen stand auf dem Stundenplan. Es entstand dann immer ein peinliches Schweigen unsererseits, ganz so, als interessierte uns das alles überhaupt nicht, dabei waren die nur schemenhaft erklärten Vorgänge der Menschwerdung genau das, was wir mit wachem Gemüt aufnahmen. Stefanie und ich, wir blieben mit fast elf Jahren auch weiterhin die beiden jüngsten Kinder. Seit Ausbruch des Krieges 1939 wurden keine neuen Kinder außer Edith und Stefanie aufgenommen. Unser Hauptthema war, was wir einmal werden wollten. Jedes von uns spann seine Gedanken in dieser Richtung, die meisten aber wollten Nonne werden. Den Kindern, die sie dann hüten würden, sollte es besser ergehen als uns. So jedenfalls der Anspruch, den sie an sich selbst hatten. Oberschwester Angela, die Schulschwester Canisia, die auch oberste Schulschwester war, und vor allem Schwester Afra waren Ansporn für die edlen Vorsätze der Mädchen, mit ihrer bestimmt nicht leichten Entscheidung, ein Leben als Nonne zu führen. Auch Ruth gehörte ja zu ihnen, sie gab aber dann doch ihren hehren Plan auf. Da war das viel zu frühe Aufstehen am Morgen, um sechs Uhr war die Nacht vorbei, im Sommer gar um fünf Uhr, nein, das war nichts für sie. Außerdem fiel sie stets ihn Ohnmacht, wenn eine Segnung mit Weihrauch war, an Sonn- und Feiertagen zum Beispiel. Sie hatte die Erlaubnis, kurz bevor diese Segnung stattfand, die kleine Kapelle zu verlassen.

An diesen besonderen Tagen hieß es zweimal, in der Früh und dann um zehn Uhr zum Hochamt mit Pater Lutz, zu erscheinen. Nach unseren Betgewohnheiten müssten wir eigentlich die ganze Welt retten können. Wir ließen wirklich niemanden aus in unseren Gebeten. Besonders heftig wurde für Führer, Volk und Vaterland der absolute Sieg erbeten. Vorbeterin war immer eine der Nonnen, und wir stimmten lauthals ein.

Vielleicht hatten wir nicht intensiv genug für Führer, Volk und Vaterland gebetet, denn unsere Verluste, besonders an der Ostfront, waren erschreckend. Väterchen Frost hieß der alles vernichtende Feind dort, und das seit Einbruch des Winters 1941. Unsere Kriegswaffen froren förmlich ein, ganz zu schweigen von dem menschlichen Leid der Soldaten, die diese ungewohnte Kälte in nicht genügend wärmender Kleidung aushalten mussten, viele, die da jämmerlich zugrunde gingen. Napoleon sollte eigentlich mit seinem Russlandfeldzug und der damit verbundenen Niederlage durch Kälte und beinharten Frost ein mahnendes Beispiel gewesen sein, aber Hitlers Risikobereitschaft und seine Bedenkenlosigkeit ließ alles vergessen. Der Osten sollte besiegt werden und die eigene Machtstellung damit gefestigt sein.

Doch immer noch trommelte die deutsche Propaganda von Sieg und nahem Heil. Jedoch den Reden fehlte ganz deutlich der anfängliche Enthusiasmus, man musste nur genau hinhören. Aber wer wollte schon nach allen Entbehrungen, allen Verlusten sich nicht allzu gern taub stellen?

Jahrzehnte werden wir brauchen müssen, um all das wiederaufzubauen, was oft an einem einzigen Kriegstag vernichtet wurde, und das auf allen Seiten. Dabei lässt sich die Unausbleiblichkeit menschlicher Verluste, ja diese Entvölkerung durch nichts rechtfertigen.

Bei uns in der Klosterschule ging es nunmehr zu wie bei den zehn kleinen Negerlein, am Ende würde niemand mehr von uns da sein. Täglich oder fast täglich wurden Kinder abgeholt, von Eltern und sonstigen Verwandten. Bei manchen Kindern fiel mir der Abschied schon sehr schwer, es war ja ein Abschied für immer, bei allen Versprechungen, es irgendwie zu schaffen, dass wir uns wiedersehen würden.

Eine letzte Umarmung, ein letzter Blick, und verschwunden waren sie, mit denen wir so lange Freud und Leid geteilt hatten. Es blieb eine bedrückende Stimmung zurück, was irgendwie zur ganzen Lage in dieser Zeit passte. Als auch Stefanie und Edith nach Hause durften, da fielen bei Ruth und mir doch reichlich Tränen. Wir wussten, dass sie in Darmstadt zu Hause waren, und wir hielten es alle für möglich, dass es ein Wiedersehen unter allen Umständen geben würde, und wir malten uns dieses ferne Erlebnis in den buntesten Farben aus.

Wir beide aber, Ruth und ich, hörten immer noch nichts von einer so sehr ersehnten Reise in die Heimat, mochte das Völklingen oder Merzig sein, egal, die Erwartungen stiegen von Tag zu Tag. Vielleicht würden ja unsere Eltern uns beide abholen kommen. Vielleicht war unser Vater Soldat und hatte Urlaub, vielleicht, vielleicht – wir ahnungslosen Engel! Wir behielten uns aber die Freude über ein baldiges Nachhausegehen.

Für uns Zurückgelassenen gab es natürlich eine Menge an Arbeit mehr, denn wir mussten ja die Arbeit der glücklichen Kinder, die nach Hause durften, mit erledigen. Oft war ich total erschöpft von den weiten Wegstrecken, die nunmehr zu kehren waren, oder von der vermehrten Gartenarbeit, aber auch die anderen Kinder, die älter waren, schnauften ganz schön und gerieten ins Schwitzen. So freuten wir uns auf den Winter, wenn der Garten ruhen durfte, denn das kam auch uns zugute. Schneeschaufeln machte uns jedenfalls mehr Freude als das Kehren der Wegstrecken. Eines wusste ich mit Sicherheit: Den Beruf eines Gärtners brauchte ich jedenfalls nicht anzustreben.

In regelmäßigen Abständen standen Wanderungen zu dem nahe gelegenen Siegfriedsbrunnen auf unserem Schülerprogramm. Davon waren wir immer aufs Neue total begeistert, auch die Stubenhocker unter uns. Ehrfürchtig hielten wir dann am Siegfriedsbrunnen an, bewunderten immer wieder, als hätten wir ihn noch nie gesehen, den riesigen Lindenbaum, der durch das Hinabsinken eines seiner Blätter, das auf der Schulter Siegfrieds landete, diesen verwundbar machte.

Das Blut des Drachens schützte ihn an dieser Stelle nicht. Damit Siegfried vor Hagen sicher sein konnte, müsste er unserer Ansicht nach einen zweiten Drachen töten, allzu lebendig stand diese sagenumwobene Geschichte vor unseren Augen. Siegfried müsste dann durch das Bad im Blute des neu getöteten Drachen wirklich unverletzbar sein. Beim Kampf mit dem zweiten Drachen würde ich dann, falls nötig, mit meinen Zauberkräften eingreifen. Ruth und die anderen Heimkinder trugen sich alle mit ganz ähnlichen Gedanken.

Dieser geheimnisvolle Platz unter der Linde am Siegfriedsbrunnen verfehlte seinen Zauber nicht, unser tristes Heimleben war vollkommen ausgeschaltet. Wir sahen die Gestalten der Nibelungensage förmlich aus dem Boden des dichten Odenwalds wachsen. Überhaupt ließen sich hier an diesem Ort Märchengestalten aller Art erdenken.

Hier waren wir eine Horde glücklicher Kinder, die in ihrer kindlichen Phantasie schwelgten. Oft stiegen wir auch den steilen Berg zur Breuburg hinauf. Oben angekommen wurden wir von den Burgbesitzern aufs Herzlichste begrüßt, und es gab trotz Kriegsnot den herrlichen selbst gebackenen Streuselkuchen à la Breuburg.

Dann standen oder saßen wir wie echte Ausflügler herum und redeten uns die Köpfe heiß, da unsere Herzen so frei und froh waren. Mag sein, dass man hinter uns hertuschelte: »Dies sind die Waisenkinder aus dem Marienheim«, egal, einfach egal wäre das uns an einem solchen Tag, da uns der gesamte Odenwald zu Füßen lag und uns zu waghalsigen Träumen verleitete.

Auf immer Verweilen hätten wir uns alle gewünscht, ob dann aber dieser Zauber seine Kraft behielte? So liefen wir, nachdem wir uns seelisch und körperlich gestärkt fühlten, den Berg hinunter, wieder in unser Heimleben hinein.

Unterwegs grollte es am Firmament, feindliche Flieger ließen uns wissen, wie ernst eigentlich der Krieg uns seinen Stempel aufdrückte. Wohin würden die Bomber diesmal fliegen und ihr Unheil anrichten? Wie viele Leben würden wieder ausgelöscht, die in dieser Minute, da die feindlichen Flieger über unsere Köpfe hinwegflogen, bangten, aber auch hofften?

Edith und Stefanie aus Darmstadt schrieben uns Briefe über ihren Kriegsalltag. Meist fand der Schulunterricht im Luftschutzkeller statt. Mit zum Unterricht gehörte, Altmaterial zu sammeln und ebenso auf den Kartoffelfeldern die Kartoffelkäfer einzusammeln, was beide ziemlich eklig fanden. Mit ihrer Mutter zusammen hieß es dann außerdem, im Wald Bucheckern suchen, da man Öl daraus gewinnen konnte. Außerdem hatte man sie in Jungmädelkluft gesteckt.

Alles in allem fand ich ihr Leben nicht gerade erstrebenswert.

Aber dies alles sind Dinge, die Ruth und ich noch erfahren würden, wenn wir erst einmal nicht mehr von den hohen Mauern der Klosterschule des Marienheims umgeben wären.

Jedenfalls erfuhren wir aus den Briefen von Edith und Stefanie, wie der Alltag im Hitlerdeutschland sein würde.

Zurzeit strickten wir fleißig weiterhin Socken für die Frontsoldaten. Kurioserweise kam das Material hierfür von den feindlichen Fallschirmjägern. Die Schnüre dieser Rettungsschirme, die über unser Land niedergingen, eigneten sich hervorragend dafür. Wir Strickerinnen konnten uns ein Schmunzeln darüber kaum verkneifen. Ob die Funktionäre der Nazis das wohl erlaubt hätten? Feindesgut kann doch nicht *gut* sein!

Während ich so vor mich hin strickte, fiel mir oft ein, dass ich die Geburtstage meiner Mutter und meines Vaters nicht kannte. Jedes Kind kannte aber genau das Geburtsdatum von Adolf Hitler und auch den Geburtsort, dass es Braunau am Inn sei, in Österreich. Wieso machte er sich als Nichtdeutscher zum Führer des deutschen Volkes?

Jedenfalls schien es wichtiger zu sein, alles darüber zu wissen, wer mit Hitler Seite an Seite den angesagten Kampf führt, um das *Großdeutsche Reich* zu errichten – was mittlerweile aber immer unwahrscheinlicher wurde, glaubte man allein schon den Gerüchten, die in unserem so weltentfernten Hause kursierten. Immer natürlich auch hier hinter vorgehaltener Hand, denn jederzeit konnte man bei solchen wehrzersetzenden Reden bitter bestraft werden.

Ich hörte auch zum ersten Mal, dass Menschen oft für weit geringere Äußerungen im KZ landeten, obwohl dieser Name »KZ« keine Aussagekraft hatte. Es war, wie nur bekannt war, der Ausdruck für ein Arbeitslager, das während der Zeit des Burenkrieges von den Engländern eingerichtet wurde und den Namen »KZ« erhielt. Hitler übernahm diesen Namen Konzentrationslager für seine, wie man dann viel zu spät erkannte, Vernichtungslager, insbesondere für Juden.

Diese Kriegsgräuel waren für den einzelnen Deutschen, der um sein tägliches Leben kämpfen musste – egal an welcher Front, auch die Heimat war Front –, irgendwie weit weg.

Wir hatten einige Kinder, die fürchteten sich, wenn es galt, nach Hause zu gehen. Wie würde es sein, dieses ohnehin schon früher ärmlich geführte Leben? Hier war man schließlich doch unter einem schützenden Dach, schob keinen Hunger, wenn es auch nur Karo einfach gab. Verhielt man sich diszipliniert, wurde man auch nicht bestraft, wenigstens die meisten Schwestern hielten sich an dieses Prinzip. Ein wenig Ahnung hatte ich allerdings, was passieren konnte, wenn man nicht parierte. Kannte es durch unsere Mutter, dass dann der Kleiderbügel auf mir herumtanzte, was hier der Rohrstock war. Erziehung ist vielleicht ein viel zu umfangreiches Thema, als dass man sie nur auf das Verhältnis der Eltern zu ihren Kindern begrenzen kann. Es gibt einfach so vieles, was mit dem Älterwerden zusammenhing und in meinem Kopf herumspukte. Eines wusste ich aber todsicher: Ich würde meine Kinder niemals schlagen. Ich halte das für die unwürdigste Sache der Welt. Für alle Berufszweige gibt es vorgeschriebene Formen, wie die künftige Tätigkeit auszuführen sei, und eine Prüfung schließt die Ausbildung ab, nur Elternwerden, dieser wirklichen Berufung kann man ohne Weiteres nachgehen, man vertraut da leider der menschlichen Natur, dem natürlichen *Gen*, das in dem

Menschen angelegt sein müsste, was, wie man nur zu gut weiß, jegliche Entartung einschließt. Über diese Dinge sprach ich allerdings mit meiner Schwester Ruth. Sie, die doch durch ihr lammfrommes Verhalten eigentlich weder unsere Mutter noch die Nonnen dieser Klosterschule herausforderte, zitierte die Bibel: »Wenn dir jemand auf die linke Wange schlägt, halt ihm auch die rechte hin.« Anders gesagt: Verzeih dem, der dich schlägt. Jedoch auch sie hielt Schlagen für sehr gemein. Immerhin war sie auf meiner Seite, nur das mit dem Verzeihen unterschied uns gewaltig.

Ich dachte in Sachen Schwester Rosia durchaus an Rache. Allein nur solche Gedanken ließen mich ihre harten und oft ungerechten Strafen überhaupt ertragen. Aber auch dies blieb mein Geheimnis, jedenfalls bis diese Rachegedanken ausgereift waren. Einmal gelang mir zusammen mit anderen gezüchtigten Heimkindern eine vielleicht etwas lächerliche Racheaktion.

Wir Kinder konnten ohne Weiteres in die Klausur der Nonnen gelangen, durften uns aber nicht erwischen lassen. Ein Verbotsschild war nicht angebracht. Allerdings, erwischen durfte man sich nicht lassen. Dort, auf dem Flur dieser Klausur, befand sich ein riesiger Spülstein. Am Wasserhahn brachten wir einen Luftballon an, und wir drehten tropfenweise den Wasserhahn auf. Nach genauen Berechnungen musste der Ballon genau dann platzen, wenn die Nonnen gemeinsam zum kleinen Kirchlein unseres Hauses unterwegs waren, nämlich kurz vor dem Mittagessen. Es funktionierte einfach wunderbar. Leider ließ sich nicht sagen, ob auch Schwester Rosia nass geworden war. Einen Schreck bekam sie sicherlich.

Der eigentliche Übeltäter war ich, und es tat mir leid, dass alle bestraft wurden, die sich zu diesem Attentat bekannten. Dazu gehörten auch einige, die nur von dem Plan wussten. Wir Übeltäter mussten Unkraut im Garten jäten, Rosenkränze beten, alles nicht schlimm, wir hielten zusammen. Wir Kinder hielten die Sache für toll gelungen, trotz Schimpf und Schande.

Wer nunmehr keine Haare mehr geschnitten bekam, galt als Anwärter für die Heimreise. Wir sahen nun eigentlich ohne den *Marke Kochtopfschnitt* recht manierlich aus. Es blieb für mich die Frage: Wohin gehen die Kinder, die Vollwaisen sind? Sie kannten von Geburt an nichts anderes als das Marienheim. Alle versicherten wir uns gegenseitig, uns durch das Rote Kreuz zu suchen und zu finden. So war es dann doch einfacher, voneinander Abschied zu nehmen.

Der Krieg ließ uns nun keinen Tag mehr aus dem Auge, massive feindliche Bomberkolonnen überflogen uns Tag und Nacht. Am Abendhimmel sah man nun stetig die kleinen Lichterbäume am Himmel, die durch Jagdflieger abgesteckten Ziele, die es zu vernichten galt. Es gab kein Entkommen, und wir Kinder empfanden, dass schlimmer als der Tod selbst die Ankündigung des Todes ist. Nichts konnten wir tun, auch unsere noch so flehentlichen Gebete halfen da nichts. Und trotzdem, in Gedanken versuchten wir oft, uns stark zu machen für das, was um uns geschah. »Erst mal erwachsen werden«, mahnte Ruth mich, »dann kannst du nach einer Ausbildung all deine großen Heldentaten vollbringen. Noch bist du nicht erwachsen und kannst selbst entscheiden, wo's langgeht.«

Wie kann man nur so schrecklich duldsam sein?, dachte ich, während ich nur mit halbem Ohr meiner Schwester zuhörte. Meine Gedanken flogen davon in eine Zukunft voller Abenteuer, denn es galt ja schließlich, die Welt zu retten. Die Reise in das Leben würde bald beginnen. Ruth lächelte nur über meine, wie sie glaubte, kuriosen Gedanken, was die Zukunft betraf, die ich nicht scheute, laut auszusprechen. Ich weiß, dass sie sich in diesem Moment vornahm, gut auf mich, ihre kleine Schwester, wie sie immer sagte, aufzupassen.

Unsere Haare waren bereits tüchtig nachgewachsen, man konnte sie schon zu kleinen Zöpfen flechten. Damit sie zusammenhielten, die kleinen Mausezöpfchen, schnitt ich mir von den Schuhriemen ein Stück ab, und es war ganz toll, das Gefühl, auf dem Weg zu sein, den Krautkopf vergessen zu können. Ich erhielt neue Schuhriemen, und meine Haare landeten wieder ganz in der Nähe des Krautkopfs, was mich sehr kränkte. Schwester Afra versuchte mich zu trösten, aber der Befehl kam von ganz oben. Solche Eigenmächtigkeiten wurden eben bestraft. Man musste sich fügen, das war jedenfalls ratsam, aber keineswegs gut! Warum bestimmten andere über unser Leben, was war so schlimm am eigenen Willen? Scheinbar klein beigeben erzog mich bestenfalls dazu, mich zu verstellen und auch zu lügen, um mich vor den Strafen zu retten. Innerlich war ich meist auf Krawall aus, sehr zum Leidwesen meiner friedfertigen Schwester Ruth. Wenn ich mich nicht allzu sehr geschämt hätte, würde ich wieder das Bett einnässen, aber dafür war ich nun wirklich zu groß geworden. Seit dem 8. Februar 1942, vor einem Monat also, war ich schließlich zehn Jahre alt. Ich gönnte es einfach einigen Schwestern nicht, über mich die Nase zu rümpfen.

Wenn ich mich so hilflos fühlte, dachte ich stets an unseren Vater, der sicherlich da draußen im Krieg in ständiger Todesgefahr war, und dass, weil ein gewisser Hitler den totalen Krieg ausgerufen hatte, das Volk *Ja* dazu schrie. Goebbels, der große Rhetoriker, wiederholte immer wieder lautstark Hitlers Parole vom totalen Krieg, und das schon früh am Morgen; da erscholl dieser Kampfruf aus dem Radio, und immer schrie das Volk wie hypnotisiert ein *Ja* zurück. Wenn auch der Einzelne bestimmt im Herzen dazu Nein schrie. Ein ganzes Volk schien dem pathetischen Demagogen dieser braunen Zeit verfallen.

Selbst in der übrigen Welt erkannte man die große Gefahr in der Gestalt Adolf Hitlers nicht, sicherlich nicht in dem ganzen Ausmaß. Zweifellos stürzte dieser nichtssagende Mann, dieser nicht einmal Schatten eines *Gutmenschen*, die Welt in den Abgrund.

Vor allem als großer Freund der Kinder zeigte er sich nur allzu gern der Öffentlichkeit. Schauspielunterricht soll er genommen haben, und man kann sagen, mit Erfolg.

Mich beschäftigte, wie man die Gräuel des Krieges abstellen könnte. Es war meist mein erster Gedanke, und er verfolgte mich auch des

Nachts. Hitler müsste sterben, das sah ich als Ausweg aus dem Dilemma. Im Märchen muss das Ungeheuer sterben, und alles kann in Frieden leben. Warum soll das nicht auch die Lösung im wahren Leben sein? Hitler, der so gern die Kinder zu sich kommen lässt, da ließ sich doch ein Plan entwerfen, und warum sollte ich das nicht in die Hand nehmen? Mit einem kleinen vergifteten Kuchen, der nur für ihn gedacht ist, wäre das Böse aus der Welt. Mit niemandem konnte ich meinen tollkühnen Plan teilen, und so wuchs er zu einem gigantischen Plan, der mich über den genauen Hergang, wie ich alles in die Tat umsetzen sollte, vollkommen gefangen nahm. Alles, was ich an weltgeschichtlichen Schilderungen in die Hände bekam, verschlang ich, wirklich Frieden auf der ganzen Welt schien es nicht zu geben. Krieg war die unheilvolle Entwicklung, aber nie die Lösung in der Weltgeschichte. Und obwohl ihn niemand haben will, geißelt er die Menschheit. Schwester Canisia, unsere Hauptschulschwester, sagte, Krieg sei der Vorgeschmack auf die Hölle. Da für den Teufel die Hölle nichts Beängstigendes hat, muss wohl auch ein Teufel die Kriege immer wieder anzetteln. Für den Teufel ist logischerweise die Hölle das Paradies. Nichts anderes hatte ich mehr im Kopf, als zu analysieren, was es mit den Kriegen auf sich hat. Für ein Mädchen sicherlich sehr ungewöhnlich. Sollte ich einmal zu den Jungmädels kommen, oder gar zum BDM, dann würde ich verweigern, das hatte ich fest vor. Mit meinen absurden Ideen stand ich ziemlich allein da, und so wurde ich immer stiller, immer nachdenklicher, ich war kein Kind mehr. Ich hatte dieses unbekümmerte Kindsein verloren, irgendwo auf der Strecke zwischen meinem ach so fernen Elternhaus und dieser klösterlichen Einsamkeit. Aber ich fühlte nicht nur Zorn, sondern auch Kraft, mich in diesem Leben durchzusetzen.

Man brauchte mich nicht mehr an die Hand zu nehmen, um mir das Leben zu zeigen, ich kannte die Spielregeln, bevor ich wirklich mitspielen durfte, noch bevor ich zu dem Spiel, zu dem fragwürdigen Spiel der Erwachsenen, herangereift war.

Endlich war es so weit, und nicht nur ein Gerücht, das ja in einem solchen Hause reichlich Blüten trieb. Wir beide, Ruth und ich, sollten nach Hause dürfen, und zwar so Mitte 1942. Unsere Mutter würde uns abholen und in die neue Heimat bringen, wo immer das auch sein sollte. Die Freude bei uns war riesig. Endlich dieses Kinderheim hinter uns zu lassen, das waren Aussichten, die trotz aller Kriegswirren abenteuerlich schienen. Wie würde die Welt sein, die hinter diesen hohen Mauern lag?

Manchmal, wenn ich schrecklich traurig war, mich unverstanden fühlte und auch wieder einmal Prügel bezogen hatte, überlegte ich mir ja immer auszubrechen. Ich dachte mir: Keine Mauer ist zu hoch, die ich in kühnen Plänen nicht überwinden konnte. Wie immer halfen mir diese Träume, jegliche Schmach zu überwinden. Die reine Phantasie verlieh auch mir Flügel. Meine Haare hatten beachtlich an Länge gewonnen, wiedergewonnen nach der letzten bitteren Erfahrung mit meiner Eigenmächtigkeit, wie man mir ja vorwarf.

Mit den längeren Haaren wuchs auch meine Zuversicht, als säße eine magische Kraft in jedem Zentimeter Haare.

Täglich konnte es jetzt sein, dass unsere Mutter uns abholen käme. Wir warteten auf sie wie die Heiden auf den Messias.

Alles war bei mir vergessen, was ich als Winzling erfahren hatte an Ablehnung und Unliebsamkeiten. Ich hatte so viel Freude im Herzen und so viel Lust auf Leben, dass ich mit jedem Tag ungeduldiger wurde, es ging mir einfach nicht schnell genug. Es war Sommer und reichlich Gartenarbeit war neben Schule und sonstigen Tätigkeiten zu verrichten. Die Schwestern baten mich Geduld zu haben, es sei im Krieg nicht immer möglich, die genauen Pläne einzuhalten, das würde ich sicherlich auch noch selbst erleben.

Ein Tag nach dem anderen verging, und unsere Mutter kam nicht. Ich hatte schon höllische Angst, sie würden mir wieder die Haare abschneiden, und überlegte, was ich tun würde, wenn es so wäre. Ruth tröstete mich, sie war einfach mein guter Engel.

Dann eines Morgens, kurz nach dem Frühstück, brauchten Ruth und ich nicht mehr mit auf den Sportplatz. Wir wurden zu Schwester Angela, der Oberschwester, gerufen, die uns freudig verkündete, nun sei es so weit, unsere Mutter sei um zehn Uhr da. Was ein großartiges Gefühl! Mir klopfte das Herz, ich dachte, es zerspringt mir in der Brust. Wir durften endlich die Heimkittel ausziehen, und zwar für immer, und bekamen recht niedliche Kleidchen an, hübsche Schuhe, und unsere Haare wurden mit einer Spange, die kostbar schien, gehalten. Alles von Tante Anna geschickt, wie uns die Schwestern berichteten. Uns war ganz feierlich zumute. Dann, nachdem wir so überaus hübsch gekleidet waren, gingen wir zur Schule, um von den übrigen Kindern Abschied zu nehmen. Sie waren sicher todtraurig, denn ich wusste ja aus eigener Erfahrung, wie es war, als wir noch zu den Kindern gehörten, von denen Abschied genommen wurde. Wir umarmten alle und sagten unser Sprüchlein auf, dass wir uns sicherlich nach dem Krieg wiedersehen würden.

Alles scheint abhängig von diesem blöden Krieg, dachte ich, aber nicht zu vergessen auch unsere heutige Heimfahrt, unser Gang in die Freiheit.

Nach diesem herzlichen, aber auch herzzerreißenden Abschiednehmen begleitete uns ausgerechnet Schwester Rosia in das sogenannte Besucherzimmer. Ich fragte mich, ob das wohl ein böses Omen sei. Aber wie auch immer, ich wollte mir die Freude durch nichts verderben lassen.

Immer wieder gingen meine Blicke zu der großen Uhr an der Wand des hübsch eingerichteten Besucherzimmers. Hier fehlte nichts, was nicht zum Bleiben einlud. Trügerischer Schein alles, wir waren hier in einem Kinderheim, Kinder sollten in der Familie *daheim* sein. Genauer gesagt war es ja ein Waisenheim. Während Schwester Rosia rein und raus flitzte, um den Tisch festlich zu decken, standen wir beiden Wartenden an dem großen Fenster des hübschen Zimmers und beobachteten angespannt das imposante Eingangstor, das sich gar bald öffnen musste.

Ich hatte einfach keine Nerven mehr, um mir Schwester Rosias Ermahnungen noch anzuhören.

Dann erklang endlich der schrille Ton des großen, imposanten Einlasstores. Hurra, hurra, sie sind da! Schwester Rosia drückte einen weißen Knopf im Flur, und wie durch Zauberhand öffnete sich das Tor. Und diesmal hieß es für Ruth und mich, nach Jahren in »die große Freiheit« entlassen zu werden.

Ein unbeschreibliches Gefühl bemächtigte sich meiner.

Ein Auto fuhr die Auffahrt zum Hause hoch, das musste Mutter sein, und sicherlich auch unser Vater. Ich stürmte zur Haustür hinaus und flugs die Treppe hinunter zu dem jetzt parkenden Auto. Schwester Rosia schrie irgendetwas hinter mir her, egal, ich war nicht mehr zu bremsen.

In meiner so großen Aufregung dachte ich zunächst, der Mann hinter dem Lenkrad sei unser Vater. Jetzt etwas zaghafter, näherte ich mich diesem erhofften Ziel. Sollte es wirklich wahr sein, endlich Vater wiederzusehen? Dann aber erkannte ich selbst nach so vielen Jahren: Es war ein fremder Mann. Ich blieb stehen und sah auch jetzt meine Schwester herankommen, mit Schwester Rosia an der Hand. Nun stieg als Erste unsere Mutter aus der wirklich schicken Limousine. Sie hielt sich an der Tür des Wagens fest, als fürchte sie, dass ihr die Kräfte versagen könnten. Sie streckte mir ihren freien Arm entgegen. »Komm, Anna«, hörte ich sie sagen, aber ich blieb wie angewurzelt stehen. Eben noch ging es mir nicht schnell genug, und jetzt war ich mir plötzlich nicht mehr sicher, ob ich überhaupt mit ihr in diesem großen Auto in die Heimat fahren wollte.

Ich schaute sie nur stumm an, überlegte, ob es eigentlich wirklich meine Mutter war. Sie sah so fremd aus, so streng, so abwesend. Ich schüttelte den Kopf, und mir fielen lauter unschöne Dinge im Zusammenhang mit ihr ein, ganz so, als seien sie erst gestern passiert.

Ruth stand nun vor ihr. Jetzt breitete sie die Arme aus, und Ruth, lieb, wie sie einfach ist, schmiegte sich willig an sie. Unsere Mutter gab ihr einen Kuss auf die Wange und dann liefen ihr die Tränen über das Gesicht. Sie setzte sich zurück ins Auto und nahm Ruth auf den Schoß. Die Beine hatten ihr doch wohl jetzt versagt.

Bei dieser ganzen Szene blieb der Mann, der noch jung war, stumm auf seinem Platz. Jetzt bemerkte ich auch, dass er eine Uniform trug. Es war das erste Mal, dass ich einen Soldaten vor mir sah, wie sie mir sonst nur aus der Zeitung bekannt waren. Er lächelte mir aufmunternd zu, und ich gab ihm artig die Hand, um ihm guten Tag zu wünschen. Während er mir die Hand schüttelte, war er aus dem Auto gestiegen. »Na, kleine Anna«, sagte er, »freust du dich, mit uns zu kommen?« Ohne lange nachzudenken, sagte ich ganz laut: „Ja." Alle lachten, und das Eis schien gebrochen.

Ruth und unsere Mutter verließen jetzt auch das Auto, und meine Mutter schloss mich in die Arme. Sie weinte noch immer. Mir fiel sofort auf, dass sie mir keinen Willkommenskuss gegeben hatte. Aber das kränkte mich eigenartigerweise nicht, im Gegenteil, ich fand es so besser, hatte ich dadurch doch Zeit gewonnen, zu überlegen, ob ich mich ihr überhaupt nähern wollte. Das befremdliche Gefühl würde ja vielleicht vergehen, schließlich lag ja unser ganzes Leben noch vor uns.

Wir gingen zurück ins Haus, wohl das letzte Mal, musste ich frohen Herzens jetzt denken, denn ich war entschlossen, komme, was da wolle: Ich habe künftig keine Bleibe mehr hier.

Drinnen in dem schönen, sehr beeindruckenden Empfangszimmer war der Frühstückstisch gedeckt. Schwester Rosia verschwand, und Lia, eine Küchenhilfe von uns, bediente uns alle so liebevoll, dass ich für diesen wirklich schönen Abschied dankbar war. Dieses gemütliche Beisammensein, das warme Brot, immer im Haus von den Nonnen selbst gebacken, und der heiße Kakao, die gute Butter, Käse und Marmelade, wie üppig das doch hier alles mitten im Krieg war. Es sollten andere Zeiten für uns kommen. Doch im Moment waren wir einfach glücklich und auch dankbar. Ich aß drauflos, dass sich alle am Tisch wunderten. Ruth dagegen brauchte eine Aufmunterung von unserer

Mutter, doch etwas mehr zu essen, der Weg sei gar weit, und man könne nicht so ohne Weiteres anhalten und einen gedeckten Tisch vorfinden, und schon gar keinen so reichlich gedeckten.

Es fiel mir auf, dass auch sie nicht gerade gut aß. Sie seufzte oft vor sich hin, aus tiefstem Herzen schien mir, ganz so, als hätte sie eine große Last zu tragen. Ich dachte darüber nach, wie alt sie wohl sei. Und wieder fiel mir auf, dass ich den Tag genau wusste, da Hitler zu unser aller Unheil geboren ward, und auch den Ort, aber nicht diese Daten von Mutter und Vater.

In der Schule bekam man ja mit dem ersten Tag genauestens eingebläut, wann dieser wichtige Tag der Geburt unseres Führers war, selbst in unserer Klosterschule. Es soll dann an manchen Schulen frei sein, ganz wie zu Kaiser Wilhelms Zeiten.

Eigentlich, so spann ich meine Gedanken weiter, während ich vor mich hin aß, sieht Mutter noch sehr jung aus, trotz der Strenge in ihren Gesichtszügen und der traurigen Augen. Es war gut, dass sie mir so jung erschien, das jedenfalls weckte bei mir die Hoffnung, dass sich alles zum Guten wenden würde.

Eigentlich hatte ich eine vollkommen alterslose Mutter in Erinnerung, ganz genau gesehen hatte ich mir keine großen Gedanken über ihr Aussehen gemacht; dass sie aber jetzt so jung und so sanft wirkte, beflügelte mich. Ich gewann dadurch Vertrauen zu ihr und hatte daher keine Angst vor Ablehnung, selbst wenn auch dadurch, dass sie so sehr vornehm wirkte, ein kleiner Rest Bedenken blieb.

Endlich war es so weit, unsere Mutter ermahnte zum Aufbruch, was mir nur allzu recht war. Endlich konnte ich alles hinter mir lassen, ich war *frei*. Wie sehr drängte es mich doch danach, all dies hier abschütteln zu können, wie Staub von den Schuhen. Eine ganze Schwesternschar hatte sich nun eingefunden, um uns Lebewohl zu sagen, unter anderem natürlich die mir so vertrauten und lieben Schwestern wie Afra, Canisia und Angela. So wäre wohl der Reihe nach meinen Gefühlen die Rangordnung. Schwester Rosia war natürlich auch wiederaufgetaucht. Es gab ein eifriges Händeschütteln und gute Wünsche für die Zukunft. Ich übersah in dem ganzen Hin und Her geflissentlich meine Peiniger, eilte schnell die Treppe hinunter und lief zu dem wartenden Auto. Ruth war brav an Mutters Hand geblieben, ja, sie war schon ein Kind, das man sich ruhig als Vorbild nehmen konnte und das man einfach lieb haben musste, in all ihrer Duldsamkeit.

Die Rufe, dass ich doch noch einmal zurückkommen solle, überhörte ich ganz einfach, und ich war todsicher, dass ich diesmal für meinen Ungehorsam nicht bestraft würde.

Der junge Mann, der uns nach Hause fahren sollte, war jetzt dabei, alle Türen seines großen Autos zu öffnen, und ich huschte sofort auf die hintere Sitzbank, ich war gerettet. Hier brachte man mich erst wieder heraus, wenn wir endlich zu Hause angekommen wären.

Mutter stieg vorne ein, und Ruth, erst etwas zögerlich, nahm neben mir ihren Platz ein.

Wer nicht mehr zurückblickte, um den Zurückgebliebenen zuzuwinken, das war ich. Es tat mir für die anderen Kinder leid, die mittlerweile auch aufgetaucht waren, auch für die von mir so sehr geliebten Schwestern, aber Schwester Rosias Anblick hätte mir die ganze Freude an der Heimreise genommen.

Ruth fragte mich, warum ich nicht auch all den anderen zugewinkt habe. »Nein danke, nicht wenn Schwester Rosia dabei ist.« – »Warum?«, fragte nun unsere Mutter. »War sie nicht nett?« Meine Antwort kam wie aus der Pistole geschossen: »Sie ist der reinste Folterknecht.« Mutter wiederholte das für sie bestimmt entsetzliche Wort. »Jawohl«, sagte ich, »das ist sie wirklich.« Schon waren wir aus dem großen, imposanten Eingangstor hinausgefahren, in eine Zukunft voller kindlicher Hoffnungen.

Unsere Mutter blieb still, sagte nichts mehr zu meiner Einstellung bezüglich meiner Meinung zu Schwester Rosia, die wie ein böser Dämon mir noch eine ganze Weile nachschlich.

Während Ruth und ich uns hellwach in der Umgebung umschauten, die im mäßigen Tempo an uns vorbeizog und diesen schönen

Sommertag zu einem beeindruckenden Erlebnis werden ließ, fühlte ich mich so unerhört glücklich, dass ich tatsächlich glaubte, dass mir niemals mehr etwas Schlimmes zustoßen könnte.

Eigentlich erinnere ich mich bis zum heutigen Tag der so freudlosen Zeit. Ob ich will oder nicht, sie lässt sich nicht verdrängen. Vor allem des Nachts in meinen Träumen durchlebte ich wieder und wieder Bilder tiefster Einsamkeit, die mich aufschreckten und oft nicht mehr einschlafen ließen.

Aber jetzt war nur eines, was zählte, dieser Sommertag, dieser Blütenrausch, dieses Herz voller Freude über die endlich gekommene Freiheit.

Ich war beseelt von alldem, und auch von der Freude von Ruth, die sonst immer so zurückhaltend war. Sie plauderte unaufhaltsam drauflos in ihrer Bewunderung für das, was ihr alles auf dem Weg begegnete. All das machte mein Herz ganz trunken.

Während der Fahrt erfuhren wir, dass unser Fahrer Paul Gruber hieß, und die Uniform war die der Organisation Todt. »Aber wie Tott gesprochen«, sagte er, »damit es keine Verwechslung gibt.«

»Ihr könnt Paul zu mir sagen«, meinte er recht freundlich, so wie alles an ihm irgendwie freundlich war.

»Du heißt also wie Hindenburg.«

»Ja, ja, die Anna, aber noch nicht *von* Gruber, das muss erst noch kommen.«

Das Eis war gebrochen. Wir erfuhren, was natürlich unsere Neugier stillte, dass er mit Mutter befreundet sei, der Krieg habe sie wohl zusammengeführt.

Die »OT«, so die offizielle Abkürzung der Organisation Todt, sei eine rein technische Organisation und für Hoch- und Tiefbau verantwortlich. Wir mussten zugeben, zum ersten Mal davon zu hören. »Der Krieg braucht sie also alle, nicht nur die Frontsoldaten.« Paul gab mir recht, als ich dies feststellte.

»Und was ist die SS?«, fragte ich Paul.

Nach einigem Zögern sagte er mir: »Das ist die Schutzstaffel, die muss aufpassen, so eine Art militärische Polizei, ja so ungefähr.«

Ich war richtig froh, ernst genommen zu werden, denn bisher tat man uns bei Fragen oft genug damit ab: Ihr seid noch Kinder, das lernt ihr später von ganz allein. Zugegeben, wir hatten nie ein wirkliches Gespräch mit Erwachsenen. Alles spielte sich immer auf der Ebene des Fragens ohne Antworten ab. Die Unwissenheit sollte uns vor allem Unbill schützen, nichts sollte unsere Neugier stillen, damit wir unschuldig blieben, so lange wie möglich. So jedenfalls oder so ähnlich erklärten uns die Nonnen ihre Zurückhaltung, wenn es darum ging, eine Art wirklicher Aufklärung zu betreiben. Egal welcher Art, es blieb dabei, Aufklärung schien gefährlich.

Goethe sagt: »Wer viel mit Kindern lebt, wird finden, dass keine äußere Einwirkung auf sie ohne Gegenwirkung bleibt.«

Mit anderen Worten, wir fühlten uns nie ernst genommen, wie sollte da ein Zusammenleben möglich sein? Wann, so fragte ich mich oft, ist der Zustand des Kindseins aufgehoben? Wann darf man um die Wirklichkeit des eigenen Lebens wissen? Jedenfalls schien die Grenze zwischen Erwachsenwerden und Kindsein nicht so richtig festgelegt. Jeder, jedenfalls jeder Erwachsene, dem ein Kind anvertraut war, konnte nach Belieben entscheiden. Mündig war man offiziell mit 21 Jahren. Hieß das schon erwachsen sein? Diese und ähnliche Gedanken, mit denen ich mich rumschlug, machten mich aufsässig, wie Schwester Rosia eigentlich schon richtig erkannte.

Im Gegensatz zu unserer Mutter versuchte Paul immer wieder, mit uns ins Gespräch zu kommen. Er wollte wissen, ob wir gerne dort in der Klosterschule gewesen seien. Ich gab ihm natürlich die entsprechende Antwort, nämlich dass ich mich wie in einem Gefängnis gefühlt habe. Ruth dagegen meinte: »Es war ganz gut, wir blieben vor allem vom Krieg verschont.« Immerhin, sagte Paul, da sei uns einiges erspart geblieben. Ich hatte schon auf der Zunge, dass ich lieber vom

Krieg was kriege. Das Wortspiel erschien mir aber so seltsam und auch überhaupt, so schwieg ich eben.

»Unsere Reise geht nicht in eure Heimat, ins Saarland«, hörte ich jetzt Paul sagen. »Eure Mutter hat ein neues Zuhause in Wehrheim im Taunus, es ist gar nicht mehr weit bis dahin. Alle Leute, oder fast alle Leute, in eurer Heimat wurden evakuiert, es war zu gefährlich geworden, der Feind rückte immer näher. Aber ihr dürft später wieder zurück in eure Heimat.«

Wir hatten ja nie eine feste Bindung an das, was man Heimat nennt, also erschütterte das uns nicht allzu sehr. Wir waren einfach nur neugierig auf alles, was kommen würde. Ich sagte zu Paul, dass es überall schöner sei als im Heim. Er antwortete liebevoll, dass er uns das glauben könne und dass er sich mit uns freuen würde. Sich mitfreuen können, das klang aus seinem Munde so glaubhaft, das war sicherlich keine Floskel. Ich war überzeugt, wir konnten ihm vertrauen. Ein wirklich guter Anfang. Wir hatten auch großes Glück auf unserem Weg in unser neues Zuhause, kein Fliegeralarm zwang uns, die Fahrt zu unterbrechen. *Wehrheim* im Taunus war unser Ziel, und dort die Töpferstraße 9. Wie würde es dort sein? Diesen Ort versuchte ich mir auszumalen, natürlich musste es dort besonders schön sein. Aber war nicht alles besser als das Heim, aus dem wir nun endlich heraus waren?

»Alle warten schon gespannt auf uns«, hörten wir jetzt Mutter sagen, wohl angesteckt von der lebhaften Unterhaltung zwischen Paul und uns beiden.

Ob da wohl unser Vater ist, und überhaupt wer noch?, dachte ich, traute mich aber nicht, danach zu fragen. Dumme Frage überhaupt, denn Vater wäre ganz sicher mitgekommen, um uns, seine beiden Kinder, abzuholen. Nein, er wartete bestimmt nicht dort in Wehrheim. So erzählte uns Mutter, die unsere Anspannung bemerkte, dass es unsere Tante Maria sei, ihre zweitjüngste Schwester, mit ihren drei Kindern Christa, Claus und Udo. Wir kannten von der Familie ja nur Opa

Gustav, der Vater unseres Vaters, und Tante Anna, seine Schwester. So viel Neues an einem einzigen Tag, das war fast wie Weihnachten.

Ruth war eingeschlummert, und Paul hatte mich leise gefragt, ob ich nicht auch müde sei.

Nach kurzer Zeit tauchte ein Straßenschild auf, und man las, dass es jetzt bis Wehrheim nur noch 20 Kilometer seien.

»Wir werden zum Mittagessen angekommen sein«, stellte unsere ansonsten so stille Mutter fest. Paul nickte zustimmend und meinte, immer noch mit leiser Stimme: »Leider auch für mich dann Zeit zum Aufbruch.« Mutter seufzte tief und wischte sich mit der Hand übers Gesicht. Ob sie wohl geweint hat? Ist sie traurig, dass Paul wieder fortmuss? Ich war es jedenfalls, denn ich hatte das Gefühl, ihn sehr zu mögen. Dann überlegte ich: Ob unser Vater wohl von Paul weiß und vielleicht darüber sich gar nicht so freut wie ich? Sehr kompliziert, das Leben der Erwachsenen.

Ich spürte Hunger und musste mal aufs Thrönchen, wie wir immer im Heim es nannten. Aber ich sagte nichts, es war ja schließlich nicht mehr weit, bis dahin musste ich aushalten. Diesbezüglich war ich Kummer gewohnt. Und überhaupt, wichtig war einzig nur das Ankommen in dem neuen Zuhause, wenn es auch nicht die eigentliche Heimat war. Aber Paul hatte uns gesagt, ganz *Deutschland* sei unsere Heimat. So dachte halt jemand, der sich für Führer, Volk und Vaterland einsetzte.

Mit meinen zehn Jahren und sechs Monaten konnte ich wohl über das Hitlerdeutschland nicht mitreden, wer hätte mich schon ernst genommen! Und dennoch, wir Kinder waren genauso betroffen von den Wirrnissen dieser Zeit wie die Erwachsenen, man konnte vor uns nichts mehr beschönigen. Immer noch ist mir in lebhafter Erinnerung der Tag, als ich mit unserem Vater in Saarbrücken war, um die Großeltern zu besuchen. Da gab es ja diese riesige Ansammlung der Menschen, die alle auf Hitler warteten, der dann, in einem großen Auto stehend, vorbeifuhr, mit dem ausgestreckten rechten Arm, wie alle, die ihm zujubelten. Damals war mir sogleich aufgefallen: Nur der Chauffeur seines Autos, Vater und ich, wir erhoben in diesem Sinnestaumel als Einzige nicht den rechten Arm so unsinnig in die Luft. Ich hielt meine beiden Hände fest um den Hals meines Vaters, denn ich durfte in diesem Gedränge natürlich auf seinen Schultern sitzen und mir von oben das Spektakel ansehen. Keiner fragte sich wohl, was die Kinder so empfanden. Ruth jedenfalls hatte so ihre eigene Vorstellung von der Welt. Sie malte sich eine wunderschöne Kulisse, mit Tierchen in friedlichen Wäldern, selbst kleine Käferchen hatten ein schützendes Häuschen. Was nicht in ihre friedvolle Welt passte, schien sie auszuschließen. Es war für mich eine grausame Feststellung, dass Tiere sich auch untereinander töteten. Davon sah man aber in Ruths Bildern nie etwas, es gab nur tiefen Frieden unter allen Tieren in ihren Zauberwäldern. Aber sie war es auch, die mich wissen ließ, dass Tiere untereinander sich töteten, um ihren Hunger zu stillen, und nicht aus sinnloser Vernichtung, wie die Menschen es betrieben.

Über all den vielen, vielen Gedanken waren wir dann tatsächlich in Wehrheim im Taunus angekommen. Ein großes Dorf, schien mir. Zu meiner Freude kam uns ein Pferdefuhrwerk entgegen. Also gab es hier mit Sicherheit Bauern, die ja meist in ihren Höfen einen Reichtum an Tieren hatten. Voll Begeisterung wollte ich gerade Ruth wecken, aber Mutter sagte leise zu mir gewandt: »Lass sie noch schlafen, bis wir endgültig da sind.«

Ich verhielt mich also mäuschenstill, bis unser Auto wirklich parkte und Paul als Erster ausstieg. Ruth wurde jetzt von ganz alleine wach und schaute erstaunt um sich. »Wir sind da!«, jubelte ich. Ruth rieb sich verschlafen die Augen und ließ sich dann von Paul willig aus dem Auto helfen.

Ich selbst war schon aus dem Auto gesprungen und sah mich neugierig um. Wir standen vor der Hausnummer 9 und, wie man uns sagte, in der Töpfergasse, dem Haus, das nunmehr unsere Bleibe war.

Alles erschien mir doch auf einmal fürchterlich fremd. Was da Töpfergasse hieß, war aber eine breite Straße, die Hauptstraße im Dorf, wie uns Paul nunmehr erklärte. Mit unserem wenigen Gepäck machte Paul den Anfang, in das eigentlich sehr hübsche Haus zu gehen. Mutter und wir beide folgten ihm brav.

»Erst einmal schaut ihr euch oben in unserer Wohnung um, dann werden wir alle zu Tante Maria gehen, die mit dem Mittagessen auf uns wartet«, teilte uns Mutter mit.

Ruth und ich, wir fanden die Wohnung sehr gemütlich und schön, was Mutter sehr freute. Ein Schlafzimmer würden wir für uns ganz alleine haben, das war ja phantastisch, besser ging es nicht. Nach all den Jahren in dem riesigen Schlafsaal kaum zu glauben. Wenn es auch hier in der neuen Wohnung keine Weitläufigkeit wie im Heim gab und wir auf enger Wohnfläche miteinander leben würden, alles war besser als die schrecklichen vielen Nächte im Schlafsaal des Heimes, unter stetiger Kontrolle der Nonnen. Ob Ruth auch diese Gedanken durch den Kopf gingen? Ich würde sie fragen müssen. Was für ein großartiges Gefühl! Ich teilte Ruth meine Freude über ein unbewachtes Schlafzimmer mit. Sie stimmte mir zu, meinte aber: »Mama ist nicht mit den Nonnen zu vergleichen, sie würde mich nicht stören, schliefe sie bei uns.« Mich aber, dachte ich, hütete mich aber, es laut zu sagen.

Mutter hatte, wie wir feststellen konnten, ihr Schlafplätzchen im Wohnzimmer. Wir, die *evakuierten* Leute, mussten schließlich froh sein, überhaupt ein Dach über dem Kopf zu haben, das hörte ich später aus vieler Leute Mund, die das gleiche Schicksal hatten wie wir. Gern gesehen seien wir keinesfalls, so viel bekam ich mit der Zeit schon mit. Obwohl wir uns bemühten, freundlich und hilfsbereit zu sein, blieben sich die eigentlichen Dorfbewohner und die zugezogenen Kriegsflüchtlinge fremd. Wirklich verstehen taten wir uns untereinander nicht. Sagte Paul mir nicht noch auf dem Weg nach hierher, überall in Deutschland sei unser Zuhause, unsere Heimat?

Zunächst aber war ich recht glücklich, eine Familie zu haben, die auf Gedeih und Verderb nun zusammengehörte.

Nachdem sich unsere Mutter von Paul verabschiedet hatte, recht wortreich und, wie ich glaubte, auch recht schwer, und er uns umarmte und versprach, bald wiederzukommen, machten wir uns auf den Weg zu Tante Maria. Einmal um die Ecke und dann wieder geradeaus und wieder um die Ecke, dann noch einmal links – und wir standen vor einem riesigen Haus. Es galt, viele Treppen bis unter das Dach zu steigen, dann stand uns die große Überraschung bevor, wieder einen Teil der Familie kennenzulernen. Das war vielleicht aufregend! Ich blickte in das gütige Gesicht unserer Tante Maria und musste gleich denken, sie hätte auch die Mutter von Ruth sein können, blond wie sie war, mit den wunderschön blauen Augen. Christa, Claus und Udo, ihre Kinder, empfingen uns, ihre beiden neuen Cousinen, sehr lebhaft, sodass erst gar keine Scheu aufkam, was man sich wohl sagen soll. Mit einem gesunden Appetit würdigten wir Tante Marias Essen, und eins war von vornherein ganz klar: Blut ist dicker als Wasser. Diese nahe Verwandtschaft, die hüllte uns ein wie ein schützender Mantel. Der Krieg schien für Augenblicke zumindest keinen Einlass bei uns zu finden. Selbst die Luftschutzsirenen schwiegen.

Ich wusste auch sofort: Mit Udo konnte ich Pferde stehlen, wie man so schön sagt, wenn man beschreiben möchte, dass es dabei um Gemeinsamkeiten geht. Er war der Bruder, den ich mir immer gewünscht hatte.

Obwohl mir Wehrheim nicht besonders gefiel, begann eine Zeit fröhlicher Kindheit, und die ließ den Krieg, diesen schrecklichen Albtraum, zuweilen vergessen.

Doch es gab natürlich oft genug, mehrmals am Tag, Fliegeralarm. Aber auch hier flogen die feindlichen Flugzeuge über uns hinweg, um ihre todbringende Last zu ihren Zielen zu fliegen, was meist die Großstädte waren, in der Hauptsache aber Industriestädte oder militärische Einrichtungen, so wie man das uns ja immer erklärte, ob in der Schule oder zu Hause. An Wehrheim hatten sie genauso wenig Interesse wie an unserem Sandorf im Odenwald, dem Ort des Kinderheims. Dafür sollten wir dankbar sein, erklärte uns Mutter, wenn wir ihr in den Ohren lagen, dass es uns hier nicht gefiel.

Ich empfand es ebenso wie auch die anderen als ein schmuckloses, langweiliges Dorf. Wir litten darunter, dass wir nur allzu deutlich spürten: Hier waren wir nicht so recht willkommen, was durchaus verständlich war. Allerdings machte die Familie, bei der wir drei untergebracht waren, eine löbliche Ausnahme. Der kleine Sohn der Familie war glücklich über seine neuen Spielkameraden. Was wir dem Krieg entgegenzusetzen hatten, waren unsere phantasievollen Spiele, selbst wenn wir in den Luftschutzkeller mussten, ging es dort damit weiter. Nachts hatten unsere Mütter ihre liebe Not, uns aus den Träumen zu reißen und in den Keller zu bringen. Am Tag ließ sich das ja noch aushalten, aber mitten in der Nacht aus dem warmen Bett zu müssen, aus dem Tiefschlaf gerissen zu werden, das war einfach zu hart. Udo, mein Lieblingscousin, weigerte sich jedes Mal energisch, diesen Wahnsinn, wie er es nannte, mitzumachen. Während Christa und Claus, seine etwas älteren Geschwister, zwar widerwillig in den Luftschutzkeller des Hauses eilten, focht Tante Maria ihren Kampf, ihren ganz persönlichen Kampf, mit dem störrischen Sohn aus, wobei er meist Sieger blieb. Tante Maria blieb ebenfalls in der Wohnung, um ihren Jüngsten zu schützen. Manchmal hatte sie durch ihr Nachgeben und ihr Ausharren bei ihm mehr Erfolg als mit den ganzen Ermahnungen. Udo stieg dann doch aus den Federn, und gemeinsam, unter lautem Schimpfen über den blöden Krieg, ging es ab in den Keller.

Der allzeit und überall spürbare Krieg galt für viele Volksgenossen bereits als verloren. Laut sprach das fast niemand aus, es galt als Hochverrat, nicht an den *Endsieg* zu glauben, man kannte die Strafe, die auf einen solchen Hochverrat stand. In der Schule war nur von dem baldigen Sieg und der Hoffnung auf bessere Zeiten die Rede. Auf der Straße sahen die Menschen nicht gerade hoffnungsfroh aus, das Leid der Kriegsjahre zeichnete sich in den Gesichtern ab. Ein leichtes Schulterzucken war die Antwort auf Fragen, wie die Lage einzuschätzen sei.

Der Feind war wohl in den eigenen Reihen, man konnte durchaus die überall angebrachten Plakate mit der hässlich lauschenden Gestalt darauf so deuten. Ich jedenfalls legte mir das zunächst so aus, bis man mir erklärte, damit seien Spione gemeint, die unser Land versuchten zu zersetzen. Spione hatten für mich immer etwas sehr Abenteuerliches, mein Weltbild kam durcheinander; nun schien ein Spion was sehr Gemeines und uns Schadendes zu sein. Wir Kinder bekamen tatsächlich lange Ohren, wenn es darum ging, dass sich die Erwachsenen, wie sicher vor dem Krieg, das Neueste aus der Nachbarschaft erzählten, nunmehr über dieses Schreckgespenst austauschten. Es soll sogar innerhalb den eigenen Familien Verleumdungen gegeben haben, wo der Bruder die Schwester, und auch umgekehrt, denunzierte, nur um einen Vorteil innerhalb der braunen Schurkenpartei, wie Mutter es nannte, zu ergattern. Das, was ein Volk zusammenhält, moralische Verantwortung füreinander, Zuneigung, Verbundenheit allein durch Nationalität, das alles, so auch andere Meinungen rundum, das blieb in dieser Zeit, seit Hitler, bei so manchem auf der Strecke, und sei es nur, um die eigene Haut zu retten. Wir waren doch die Jahre im Kinderheim so unschuldig, wenn man von einigen wirklich boshaften Schwestern absieht. Zurzeit ging die Angst um, die veränderte viele Menschen. Am besten war es zu schweigen, was wohl auch die meisten taten.

Man hatte eigentlich, durch die Nazis bestimmt, ein total vorgegebenes Leben. Dazu gehörten vor allem blinder Gehorsam und der Glaube an den Endsieg. Für Hitlers Sache, für seine dogmatischen Vorgaben, musste jeder Deutsche in fanatischem Eifer erglühen. Ab einem bestimmten Alter war jedes deutsche Kind berufen, dem Jungvolk oder dem BDM oder den Hitlerjungen beizutreten.

Später dann zog man in die Schlachten, wie es so bezeichnenderweise hieß, und immer für »Führer, Volk und Vaterland«. Hatten die Menschen untereinander auch nicht die geringste Gemeinsamkeit, auf dem Leib die Uniform ließ sie alle gleich erscheinen.

Hie und da erweckte diese vorgegebene Geschlossenheit Begeisterung, löste die Funken aus, die dann zum Weltbrand führten.

Wir Kinder lebten ständig zwischen Furcht, absolutem Gehorsam und unterschwelliger Begeisterung. Mal sahen wir uns als Helden, ja Abenteurer, mal einfach nur als Verlierer einer Sache, die nicht nur wir Kinder nicht einschätzen konnten.

All diese Gedanken spukten bestimmt nicht nur in meinem Kopf herum. Zu einer abschließenden Meinung kam es nur darüber, dass der Krieg, den Hitler angezettelt haben soll, keinesfalls die Rettung für Deutschland wäre, er wäre unser aller Untergang. Unsere Situation kam der eines sinkenden Schiffes gleich. Man konnte mit ihm untergehen oder versuchen, sich in den reißenden Fluten zu retten, was nur einen längeren Todeskampf ausmachte. Wir konnten uns Helden nennen oder nur törichte Mitläufer, das kam auf die jeweilige Verfassung an, in der man gerade war. Solche Worte schlugen auch um uns, und bis heute denke ich über diese maßlos schlimme Zeit nach.

Untereinander erzählten wir Kinder uns, dass es einmal möglich war, gefahrlos in der Welt herumzureisen und sich alles, was man sich wünschte, zu kaufen, wenn das Geld stimmte. Das war wiederum eine Zeit, die Ruth und ich nicht kannten. Wir konnten nur bis zu den Mauern des Heimes und zurück, das war unsere Möglichkeit des freien Radius. Und Geschäfte, die, was das Herz begehrte, anboten, nein, die kannten wir auch nicht. Es blieb dann doch die Hoffnung, nicht mit dem sinkenden Schiff »Deutschland« unterzugehen.

Ein Brief kam von der Behörde, dass Ruth ihren Namen unverzüglich zu ändern habe, er sei jüdisch und nicht erlaubt. Unsere Mutter legte den Brief zur Seite und vergaß ihn einfach, derweil wir es irgendwie lustig fanden und eifrig nach Namen suchten, die vielleicht infrage kämen. Dem Schreiben von der Gemeinde war natürlich eine Namenliste beigefügt, aus der wir den neuen Namen aussuchen sollten. Aber Mutter legte ja alles erst einmal zur Seite und kümmerte sich nicht weiter darum. Bald geriet das Ganze in Vergessenheit, es kam auch keine Ermahnung, und so blieb Ruth eben doch Ruth, bis zum heutigen Tag.

Wie weit musste die Ablehnung der Juden im derzeitigen Deutschland doch gehen, wenn ein Name schon störte, der jüdischen Ursprungs war. Irgendwie war man in dieser Zeit nicht einmal sicher, ob man nicht ein völlig manipulierter Mensch sein würde.

Gottlob dauerte die Zeit in dem unliebsamen Wehrheim nicht allzu lange. Anfang 1943 durften wir wieder in die Heimat, die mir noch ganz schwach in Erinnerung war, aber meine Freude darüber war sehr groß.

Am Tag unserer Abreise hielt es mich nicht mehr im Bett. Am frühen Morgen schon lief ich in der Wohnung herum und packte zum x-ten Mal meinen Rucksack aus und wieder ein. Ich prüfte, ob ich auch alle Habseligkeiten eingepackt hatte. Ganz wichtig war mein Teddybär, von der Puppe *Angela* hatte ich mich schon längst getrennt. Ich schenkte sie einem kleinen Mädchen, das genau wie wir in Wehrheim evakuiert war. Diese wichtige Übergabe von Angela erfolgte in unserem Luftschutzkeller. Trudi, wie das kleine Mädchen hieß, konnte nicht glauben, Angela nun für immer behalten zu dürfen. Sie schloss ihre neue Puppe zärtlich in die Arme, ganz so, wie ich es des Nachts mit meinem Teddy machte. Ruth besaß aber noch immer ihre Puppe Canisia. Wir hatten in der Klosterschule ja gelernt, mit wenigen persönlichen Sachen auszukommen. Gab es was Neues, zum Geburtstag zum Beispiel, verschenkte man freudig die alten Spielsachen oder was immer auch. Dinge horten war uns fremd, und irgendwie fanden wir selbst, dass dies eine gute Regelung war.

Endlich kam Bewegung in die Stube, Mama und Ruth waren endlich auch aufgestanden und waren gut ausgeruht, denn in der Nacht hatte es keinen Fliegeralarm gegeben. Am Frühstückstisch fragte ich unsere Mutter, ob sie glaube, dass Paul uns auch in der Heimat besuchen würde. Hier in Wehrheim war er dreimal zu uns gekommen und brachte jedes Mal Lebensmittel mit. Es gefiel mir, dass er sein

Versprechen gehalten hatte und uns besuchte; auch ohne Lebensmittel war er mir sehr willkommen.

Natürlich sagte Mutter: »Er wird kommen, ganz sicher.« Sie war sichtlich froh, dass wir ihn mochten. Nach unserem Vater zu fragen traute ich mich noch immer nicht. Ich spürte nach wie vor, dass das nicht gut gewesen wäre. Aber ich machte mir große Hoffnung, dass er nach Dillingen an der Saar, dort, wo Mutter für uns am Waldesrand in einem Häuschen die erste oder besser die obere Etage angemietet hatte, kommen würde, wenn er Fronturlaub hätte. Onkel Hans hatte sich schon für das Weihnachtsfest in diesem Jahr angesagt. Wir freuten uns mit Tante Maria und mit unserer Cousine Christa und ihren beiden Brüdern Udo und Claus. Was für ein großartiges Wiedersehen würde das werden! Ruth und ich sollten ihn dann auch kennenlernen, ebenso mit der Zeit alle anderen Schwestern unserer Mutter und ihre Ehemänner und alle Cousinen und Cousins, alles freudige Ereignisse, denn ich war sehr stolz, eine so große Familie zu haben. Nach den Jahren in der Abgeschiedenheit des Kinderheims ein ganz besonders großer Schatz, *Familie* zu haben, Zugehörigkeit zu empfinden.

Unsere Onkels waren alle an irgendeiner Front, im Osten oder Westen. Und wie in fast allen deutschen Familien war man für jeden Tag dankbar, der keine unheilvolle Nachricht brachte und an dem die Familie satt wurde und man noch ein Dach über dem Kopf hatte. Die ganz einfachen, selbstverständlichen Sorgen des Alltags beschränkten sich im Krieg auf das nackte Überleben.

Mittlerweile waren auch schon die beiden ältesten Söhne von Mutters ältester Schwester in den Krieg gezogen. »Unsere Familie stellt reichlich Kanonenfutter für das Großdeutsche Reich«, meinte unsere Mutter bei so mancher Gelegenheit. Es war überhaupt erstaunlich, wie furchtlos sie war. Vor allem mit ihrer Meinung über das Nazireich, da hielt sie keineswegs hinter dem Berg. Es schien ihr völlig egal zu sein, welche Konsequenzen daraus erwachsen konnten. Sie blieb unerschrocken bei ihrer Haltung, sie war und blieb die *Mutter Courage*.

Wir hatten natürlich auch große Angst um sie, wenn sie ungeniert preisgab, dass an den Endsieg zu glauben nicht nur vermessen sei, sondern auch gefährlich. Es würde ein gefährlicher Friede sein.

Tante Maria erzählte uns, dass sie schon in Völklingen, wo wir ja vor dem Krieg wohnten, mit der jüdischen Familie im Haus die Einkäufe gemacht hatte. Sie trug am Mantel oder an der Jacke den Judenstern, was Pflicht war und immer noch sei, sie ließ sich beschimpfen, bespucken und machte sich nichts aus den Demütigungen. Sie war heilfroh, dass die junge Familie rechtzeitig auswandern konnte. Es blieben ihnen so neben Demütigungen auch noch Folter und, wie zumeist, das Leben zu verlieren erspart.

Bei aller Bewunderung für unsere Mutter, ich fühlte mich nie als willkommenes Kind bei ihr. Ich bin überzeugt, sie hätte mich niemals aus dem Kinderheim geholt, wenn nicht auch Ruth dort auf sie gewartet hätte.

Das Gefühl echter Geborgenheit, das fehlte mir in meinem neuen Zuhause. Ich musste gehorsam sein, sehr gehorsam, was mir nicht immer gelang, und so regnete es eben Schelte oder auch Prügel.

Ich konnte und wollte nicht glauben, dass es innerhalb der Familie Strafen dieser Art gab, und suchte oft genug Trost bei Tante Maria, was mir sehr guttat.

Sie nahm mich dann immer liebevoll in die Arme, streichelte mich, ermahnte mich aber auch, mir doch etwas mehr Mühe zu geben und auf das zu hören, was unsere Mutter sagen würde.

Aber jetzt, da es Abschiednehmen hieß von unserer liebevollen Tante und ihren drei Kindern, sah ich mich künftig wieder schrecklich allein, was mir die Rückführung in die sogenannte Heimat nicht gerade leicht machte.

Wehrheim zu verlassen, das war leicht, und der große Tag der Abreise in das uns noch nicht so gut bekannte Saarland stand vor der Tür, ja war dann mit rasantem Schwung da.

Vom Küchenfenster aus sah ich Tante Maria, Claus, Christa und

Udo, mit einem Leiterwagen im Schlepptau, auf unser Haus zukommen. Ich nahm hastig mein Gepäck und rannte schon mal die Treppe hinunter, mich hatte die Reiselust dann doch so richtig gepackt.

Familie Sch. stand schon vor der Haustür, um sich von uns zu verabschieden. Der kleine Sohn war sehr traurig, seine beiden Spielgefährtinnen zu verlieren. Ich hatte fast ein schlechtes Gewissen, da ich nur allzu gerne dem allen hier entfloh. Ich hatte mich nie so recht wohlgefühlt, es war und blieb *die Fremde*.

Dann kamen auch endlich Ruth und Mutter, und die Zeremonie des Abschieds zog sich noch etwas hin. Der Bahnhof war nicht allzu weit entfernt. Wir mussten lange auf unseren Abtransport warten. Es war kalt und der Himmel schaute grau drein. Die meisten der Heimkehrer kannten wir, wenn auch nicht näher. Es herrschte irgendwie eine bedrückende Stimmung, was teilweise bestimmt an dem trüben Winterwetter lag. Mit einigen Kindern spielten Udo und ich »Krieg erklären«. Kreide hatte ich wie meist dabei, und wir zogen damit die Länder, die wir verteidigen wollten. Dann hieß es schnell zu laufen, bekam man den Krieg erklärt, um sein gezogenes Kreidefeld als Erster zu erreichen, wenn nicht, war man raus aus dem Spiel. Udo gewann auch diesmal wieder, er konnte wirklich verdammt gut rennen. Unsere Mütter und bestimmt auch die Mütter oder Großmütter der anderen Kinder fanden dieses Spiel nicht gut. Das Spiel war dann zu Ende, wenn einer alle Länder sich errannt hatte. Udo blieb in diesem Falle wieder der Sieger.

»Der Zug kommt, der Zug kommt!«, riefen wie aus einem Munde Christa und Ruth. Es war ein Zug mit lauter Güterwagen, das Transportmittel dieser Kriegszeit, besonders auch, wenn es hieß, die Menschen von A nach Z zu bugsieren.

Wir Kinder fanden es lustig, in einem Viehwaggon zu reisen.

Mutter kletterte behänd als Erste die Stufen des Waggons empor, leicht meckernd über die verdammten Zeiten. Wir taten es ihr gleich, aber ganz gespannt auf das, was wir als abenteuerlich empfanden, nämlich eben gerade die Reise in diesem ungewöhnlichen Stil. Wir fanden so viel Platz vor, dass wir uns alle hinlegen konnten. Mit gut duftendem Stroh war alles ausgelegt. Noch weitere fünf Flüchtlinge stiegen zu, und Udo begrüßte sie mit einem lauten »La – Ia!«. Alle lachten und verwickelten sich gleich in lebhafte Gespräche.

In der Fremde hatten wir so gut wie gar keinen Kontakt zu den Menschen mit gleichem Schicksal, wie wir es hatten. In der Fremde blieb man sich fremd, das war die bedrückende Tatsache.

Wir waren noch nicht weit gekommen, als der Zug auf freier Strecke anhielt. Aber wir waren doch schon kurz vor Frankfurt am Main, wie wir jetzt durch eine Ansage erfuhren. Niemand solle den Zug verlassen, nach dem Fliegeralarm gehe es weiter, so die Information. Wir schoben die Tür unseres Waggons ein wenig auf und hörten auch sogleich das uns schon so vertraute Grollen der feindlichen Flieger am Himmel. Sie flogen Richtung Frankfurt, und zwar in Begleitung ihrer Jagdflieger. Aber sie schienen sich nicht für uns zu interessieren. Dennoch blieb bei uns allen eine angespannte Stimmung, man könnte auch sagen nackte Angst, allem irgendwie total ausgeliefert zu sein.

Tante Maria versuchte durch Hinweis auf die mitgebrachten Butterbrote uns Kinder vor allem abzulenken, aber sie hatte nicht einmal Erfolg bei Udo, der doch ewig hungrig war.

Als sich das Gebrumme der tödlichen Bomber verzogen hatte, schlossen wir in dem Moment unsere Waggontür, als die Durchsage kam, es gehe nunmehr weiter, trotz dem noch keine Entwarnung sei.

Mit den Leuten im Zug, die von St. Ingbert im Saarland waren, unterhielten sich Mutter und Tante, ob wohl überhaupt diese abenteuerliche Reise einen Sinn habe, wenn man dann zu Hause einen Trümmerhaufen vorfände und nicht wüsste, wohin. Wer weiß, ob überhaupt noch etwas von dem übrig ist, was man einst das Zuhause nannte?

Saarbrücken, Dillingen und Mettlach sowie Beckingen, das waren die ersehnten Ziele von uns. Für Saarbrücken, Dillingen und Mettlach sahen alle schwarz. Schließlich waren das einmal eine Hauptstadt, eine Industriestadt, und Mettlach ist bekannt durch seine Fabrik von Villeroy & Boch.

Dennoch, die Stimmung blieb allgemein gut, und die Fahrt ging ja auch weiter.

Wir würden zwar von Frankfurt nichts sehen, nur den Bahnhof, aber das allein reichte mir schon aus, mit Herzklopfen dort anzukommen. Von jeher vermittelten mir große Städte das Gefühl von Freiheit ohne Ende. Das auszutesten blieb uns ja keine Zeit. Aber schließlich und endlich, wir waren doch trotz oder gerade wegen aller Kriegsgeschehen in *Frankfurt* – für mich die große Welt.

Endlich dort ohne weiteren Stopp angekommen, gingen wir im Lärm der Bahnhofsstimmen gänzlich unter. Wir schrien uns gegenseitig an, um uns untereinander zu verständigen, wie und was und wo. Mutter zog ihren Zettel, den sie vor unserer Reise erhalten hatte, aus der Tasche. Hier war von der Betreuungsstelle für die Flüchtlinge fein aufgeschrieben, wohin wir uns wenden sollten. Hier in dem ganzen Getümmel wurde ich mir meiner eigenen Winzigkeit ganz bewusst, und ich war froh, meine Familie um mich zu haben. Ich war geborgen im Schutz der Menschen, zu denen ich gehörte, und zwar seit dem Tag meiner Geburt. Es konnte nur alles gut werden.

Wir mussten also zu Gleis *13*, bezeichnenderweise genau dorthin.

Immer schon glaube ich an die Magie der Zahlen. *13* war für mich eine Zahl der Schicksalswendungen. Wenn eine *13* im Spiel war, entschied sich, das konnte ich bereits in meinem kurzen Leben feststellen, alles ganz nach einer anderen Richtung, der eingeschlagene Schicksalsweg änderte sich von heute auf morgen. Brachte nicht Glück oder Unglück, es wurde nur anders.

Wir liefen also durch die Menge der Menschen hindurch und bekamen von den besorgten Müttern den Hinweis, bei der Herde zu bleiben; sollten wir uns verloren gehen, dann auf Gleis *13*.

Wir gingen uns nicht verloren, wir hielten uns an den Händen und durchbrachen das Dickicht aus Menschen. Dabei schlängelten wir uns wie in einem ekstatischen Tanz um die Menge herum und an ihr vorbei, bis wir endlich Gleis *13* erreichten.

Die Rettung war eine freie Bank, wir konnten uns und unser Gepäck parken. Viele, viele Mitreisende standen und saßen schon herum, vom Zug war nichts zu sehen oder zu hören. Udo verlangte als Erster das schon einmal angebotene Butterbrot, und wir anderen wollten jetzt natürlich auch die Wartezeit mit unserer Lieblingsbeschäftigung verbringen, mit essen.

Fast zwei Stunden vergingen, bis unser Zug endlich eintraf. Indes hatten wir wieder die Sirenen heulen gehört. Aber wo sollte man hier auf dem Bahnhof Schutz finden? Jeder sollte auch während dieser prekären Situation dortbleiben, wo er auf die eintreffenden Züge gerade wartete. Zum Spielen fehlte der Platz, aber auch der Sinn.

Dann war es schließlich doch so weit, es konnte weitergehen.

Diesmal würden wir mit einem ganz normalen Zug die Reise fortsetzen. Nicht alle bekamen einen Platz, und wir zusammen schon gar nicht. Wir Kinder setzten uns ganz einfach auf den Boden im Gang des Zuges. Mutter und Tante hatten einen Platz im Abteil in unserer Nähe gefunden. Wir bestanden darauf, dass wir im Gang bleiben wollten. Nichts gegen unseren Viehwaggon auf der ersten Strecke, meinte Christa, da hatten wir mehr Platz und Stroh unterm Hintern. Mitreisende packten Wolldecken für uns aus, und so hatten wir es doch recht bequem und auch warm, als wir sie ausbreiteten und gerecht unter uns allen aufteilten. Schließlich saßen fast alle Kinder in den Gängen und die Erwachsenen im Abteil. Wir bekamen dann doch, bei aller Kriegsnot mit den schrecklichen Geschehnissen, wieder Spiellust. Langeweile hatten wir dann während unserer Reise in die Heimat keinesfalls. Außerdem berichtete jeder von uns Kindern, wo er herkommt und wohin er nun fährt. Es waren auch viele Kleinkinder unter uns, genug um für Großdeutschlands Fortbestehen zu garantieren, so es denn das überhaupt geben würde.

Ich musste da immer an Mariechen in der Nähstube denken, die

Mitte zwanzig war und politisch ein Ass. Sie weissagte keine gute Zeit für uns Deutsche voraus. Wir würden den Krieg niemals gewinnen und unter den Siegermächten aufgeteilt werden wie ein Kuchen. Mit ihren Prognosen lag Mariechen immer richtig, auch wenn es um Dinge des Alltags im Heim ging und nicht um weltweite Dinge. Eines musste ich jetzt schon zugeben: Mir fehlten Menschen wie sie, Oberschwester Angela und Schulschwester Canisia. Vor allem aber Schwester Afra, die ja nicht nur die ernannte Stallschwester war, sondern für vieles andere, wie gesagt, zuständig, was uns Kinder betraf.

Wohl kaum jemand würde sich dafür interessieren in der neuen Heimat, wo wir bis jetzt gesteckt hatten, vor dieser Evakuierung, der ersten ihrer Art. Es sollte auch noch eine weitere geben, davon ahnte in diesem Moment aber niemand etwas. Vor allem unsere Mütter wären bestimmt darüber jetzt schon verzweifelt.

Nach etwa zwei bis drei Stunden kamen wir am Hauptbahnhof Saarbrücken an. Es fing schon zu dämmern an, und es war entsetzlich kalt. Wir waren des nächtlichen Aufstehens müde, aber Mama war gnadenlos, sie zog mir die Decke komplett fort, und gar bald war es mehr als ungemütlich auf dem Boden. Ich stand widerwillig schließlich doch auf, zog mich ebenso widerwillig an, wobei ich die feindlichen Flieger verfluchte, laut und vernehmbar. Ruth meinte, dasselbe machten zurzeit unsere Bomber mit den Engländern. Das ist Krieg, keiner schenkt dem anderen was, das haben wir doch alles reichlich in der Schule gelernt. Als wir uns hinaus in die dunkle Nacht begaben, Richtung Wald, der nur ein paar Meter entfernt war, schauderte es mich, trotzdem wir mit mehreren Leuten unterwegs waren, die alle miteinander nach dem schützenden Bunker liefen, ja liefen. Es war kein gemütlicher Waldgang und sollte es auch zukünftig nicht sein. Manchen Leuten merkte man die Angst richtig deutlich an. Sie hatten schon zu oft erlebt, wie ihnen die Geschosse der Flugzeuge und Abwehrflaks um die Ohren flogen und dass es Verletzte, ja Tote gab, dicht vor ihren Füßen.

Im Bunker selbst war es recht gemütlich, es waren sogar, für Kinder und ältere Menschen, Liegen aufgeschlagen mit molligen Zudecken. Aber in dieser ersten denkwürdigen Nacht, da blieb ich lieber auf der gepolsterten Bank bei Mama und Ruth sitzen und hoffte auf Entwarnung, die aber eine lange Zeit auf sich warten ließ – etwa drei Stunden. Wir waren hungrig und müde und für unsere Mütter nicht gerade angenehme Kinder.

Durch den Lautsprecher ertönte eine hohe, schrille Frauenstimme; sie verkündete, dass alle weiterfahrenden Reisenden sich zu den einzelnen Auskunftsständen begeben sollten. Zunächst hieß es aber Abschiednehmen von Tante Maria und ihren Kindern, unseren besten Spielkameraden. Sie wohnten nur unweit vom Hauptbahnhof entfernt, mit der Straßenbahn nur drei Stationen. Unser Leben, meines und das meiner Schwester, schien aus lauter Abschiednehmen zu bestehen. Nach herzlichen Umarmungen waren sie dann alle verschluckt von dem auch hier herrschenden Trubel, hier auf dem Hauptbahnhof des Saarlandes in Saarbrücken. Ein spannender Name jedenfalls für diese unsere Hauptheimatstadt. Unsere Mutter hatte ihrer Schwester versprochen, Weihnachten bei ihr zu sein, also in zwei Monaten. Bis dahin hätten wir uns sicherlich in unser neues Zuhause in Dillingen eingewöhnt.

Dillingen war ebenfalls wie Völklingen eine Hüttenstadt, und damit auch Ziel feindlicher Bomber, was wir dann auch gleich bei Ankunft in der bereits bestehenden Dunkelheit zu spüren bekamen. Unser Empfang am Bahnhof waren heulende Sirenen. Wir liefen aber dicht an den Häusern vorbei, Richtung Blücherstraße 79, unser zukünftiges Zuhause, direkt am Waldesrand. Wie bezeichnend die Hausnummer 79: Ruth war im Heim Nummer 7 und ich Nummer 9 gewesen.

Alles ging aber doch gut. Die vielen beschädigten Häuser sahen gespenstisch aus. In der Nacht war wieder Alarm, also raus aus den Betten, durch den Wald. Dann liefen wir wieder durch die kalte Nacht nach Hause ins gemütliche Bett. Mir gefiel die Wohnung, die Mutter für uns gefunden hatte. Alles war ein bisschen eng, wenn man die weitläufigen Räume im Kloster gewohnt war, aber es gab auch mehr Geborgenheit. Wir hatten ein Schlafzimmer für uns alle, ein gemütliches Wohnzimmer und eine noch gemütlichere Küche, die war geradezu kurios, nicht anders würde ich es wollen. Es gab einen richtig großen Esstisch mit einem großen, äußerst gemütlichen Omasofa, einen riesigen Opasessel sowie zwei Korbsessel.

Unsere Mutter war sehr glücklich, dass uns die Wohnung gefiel. So überaus gut gefiel, müsste man sagen. Wir wussten es zu schätzen, besonders in diesen Zeiten, da Menschen ihr Hab und Gut über Nacht verlieren konnten. Wir wollten uns das erst gar nicht vorstellen, nicht zu wissen, wie es weitergehen soll, wo man hinsoll. Dann verloren viele von diesen armen ausgebombten Menschen noch ihre allernächsten Angehörigen, und das alles nur, weil das »Tausendjährige Reich« Hitlers wahr werden sollte. Ich konnte es einfach nicht begreifen, was da geschah, und alle rund um mich herum dachten sicher auch so, sie würden gern des Nachts in ihren Betten bleiben, und vor allem nicht um ihre Lieben weinen müssen, so wie ich es öfter tat. Mit fehlte mein Vater, ich vermisste ihn wie immer, nur noch schmerzlicher, da ich ja alle Hoffnungen darauf gebaut hatte, hier in unserem neuen Zuhause würde er ganz bestimmt bald auch da sein, und sei es nur besuchsweise. Aber Mutter danach zu fragen, davon hielt mich nach wie vor eine innere Stimme ab. Auch mit Ruth war es mir nicht möglich, über unseren Vater zu sprechen. Ich hatte große Angst, sie kenne eine unheilvolle Antwort, ich aber wollte weiter hoffen. Der Gedanke, auch hier auszubrechen, um auf die Suche nach unserem Vater zu gehen, der beherrschte mich besonders nachts, aber diese Gedanken gaben mir ja auch ungeheuren Mut, ja sogar eine gewisse innere Ruhe, die mich meine ewige Sehnsucht nach dem geliebten Vater überhaupt aushalten ließ. Eine Selbstüberschätzung war das alles natürlich auch, aber das muss man doch einfach in manchen Lebenslagen, will man sein Leben annehmen.

Mutter hatte hier in der kleinen Stadt ihre zweitälteste Schwester, unsere Tante Gretel, wohnen, mit Mann und Kind, unser Onkel Paul und unser Cousin Helmuth. Wir waren natürlich sehr gespannt, sie kennenzulernen. Aber Onkel Paul war selbstverständlich, wie konnte es anders sein, an einer der vielen von Hitler forcierten Fronten. In diesem Falle in Oslo. Als wir uns auf den Weg machten, die neuen Verwandten kennenzulernen, schafften wir das nicht, ohne wieder einmal die Sirenen heulen zu hören. Ich schlug vor, doch nicht wieder zurückzulaufen, sondern einfach weiterzugehen. Noch höre man ja nicht die feindlichen Flugzeuge, meinte ich. Sicher könnten wir uns ja in irgendeinen Keller retten, wenn es so weit wäre. Mutter schien einverstanden, zumal sie alles andere als ängstlich war.

»Hast recht«, meinte sie. Dann kam das erste Lob für mich. »Bist doch die wahre Tochter deiner Mutter, Bangemachen gilt nicht.«

Ich war mächtig stolz, und wir setzten unseren Weg fort, zwar schneller, aber zielgerecht, und siehe da, wir kamen heil und ganz bei Tante Gretel an. Von der Blücherstraße, in der wir wohnten, bis zur Jahnstraße, Tantes Haus, war es ja auch nicht allzu weit.

Die Begrüßung, unsere erste Begegnung mit Tante Gretel und Helmuth, ihrem Sohn, fiel sehr herzlich aus. Mit Mutter hatte Tante keinerlei Ähnlichkeit. Sie hatte ein liebes, rundes Gesicht, viel Gemütlichkeit in ihren Bewegungen, ja man konnte sagen, genau das Gegenteil von unserer Mutter. Jedoch an Tante Maria kam sie nicht im Leisesten heran, sie würde wohl meine Lieblingstante bleiben. Obwohl ich nicht mal die Hälfte unserer Tanten kannte, glaubte ich das zu wissen. Helmuth und Ruth fanden sogleich Gemeinsamkeiten. Malen, Basteln und im Stillen wirken. Sie waren die leisen Kinder unserer Familie bis jetzt, wie auch Christa und Claus.

Darum waren wir auch hocherfreut, dass wir gar bald schon nach Saarbrücken fahren wollten, zu Tante Maria. Mutter meinte, wir müssten das ausnutzen, solange noch die Züge fahren würden. Weihnachten sollte es so weit sein. Wir waren vor Freude ganz erfüllt und schrieben sofort einen langen Brief an unsere Tante und ihre Kinder, damit auch sie sich freuen sollten.

Zwei Wochen waren es noch bis zu diesem Fest aller Feste, dann würden für uns *süßer die Glocken nie klingen als zu der Weihnachtszeit.* Ich war ein besonders braves Kind in dieser vorweihnachtlichen Zeit.

Die Besitzer unseres Hauses, in dem wir wohnten, waren einfach komische Leute, sie achteten ganz pingelig darauf, dass wir ja die Hausordnung einhielten. Jeglicher Lärm war untersagt, und Mutter ermahnte uns immer, ja die Treppe leise hinunterzugehen. Wir machten uns fortan einen Riesenspaß daraus, mit dem Zeigefinger auf den Lippen die Treppe hinunterzuschleichen. An der Korridortür dieser Spießer streckten wir ihnen die Zunge heraus und verschwanden leise lachend durch die Haustür. Zu zweit machte das alles viel mehr Spaß. Ruths Bravsein endete also mit dem Treppenabstieg. Wir waren es vom Heim gewohnt, unsere jeweilig kritische Situation durch Lachsalven zu entschärfen. Darin waren wir dann auch richtig gut. Verloren scheint mir nur der, der seinen Humor verliert. Das lehrten uns eigentlich schon die Schulschwestern, ohne dass sie die leiseste Ahnung hatten, dass wir das schon längst herausgefunden hatten. Der Humor machte es uns ja überhaupt erst möglich, in dieser strengen Hierarchie bestehen zu können.

Hier zu Hause war die Vorweihnachtszeit voll großer Hoffnung. Wenn ich auch nicht genau wusste, worauf ich das begründete.

Hoffnung Nummer eins – unser Vater würde kommen.

Hoffnung Nummer zwei – der Krieg würde genau an Weihnachten zu Ende sein.

Hoffnung Nummer drei – wir könnten uns endlich einmal wieder satt essen.

Ich glaube, ganze Völkerscharen, die in diesen Weltkrieg verwickelt waren, teilten mit mir ihre Weihnachtswünsche.

Dann war es endlich so weit, der Tag brach an, an dem wir unsere kleine Reise nach Saarbrücken antreten sollten.

Dreißig Kilometer trennten uns von Tante Maria und unserer Cousine Christa und unseren Cousins Claus und Udo. Es war einfach grandios. Besonders da wir bei Tante Maria auch unseren Großvater mütterlicherseits kennenlernen sollten, Opa Peter.

Opa Peter, der nach Erzählungen im Ersten Weltkrieg insgesamt zehn Jahre verbracht hatte, davon sieben in russischer Gefangenschaft.

Gleich konnte ich feststellen, unsere Mutter war sein Abbild. Der strenge Gesichtsausdruck, der vor allem das Auffallendste war, wirkte bei ihm recht forsch; einen wirklich gut aussehenden Opa hatten wir wahrlich. So sehen Helden aus, musste ich bei seinem Anblick denken. Eine Mischung aus Hindenburg und Kaiser Wilhelm. Dieser forsche Gesichtsausdruck wirkte bei Mutter einfach nur streng, ich fürchtete ihn ganz besonders, wenn sie zornig wurde.

Es war ein überaus herzliches Wiedersehen mit Tante Maria und unserer Cousine Christa und den beiden Cousins Claus und Udo.

Opa Peter, umgeben von seinen Kindern und Kindeskindern, war bester Laune. Wir, die Enkel, nervten ihn ganz schön mit unseren Fragen nach dem fernen Russland, wo jetzt wieder Soldaten einen grausamen Kampf führten. Er sagte die salomonischen Worte, dass sich Geschichte immer wieder wiederhole. Heute würden seine Töchter auf ihre Männer warten, seine Enkelkinder auf ihren Vater, und keiner wisse um ein Wiedersehen und um ein Leben wie vor dem Krieg.

Großvater tröstete uns auf später, mehr von der Zeit aus Russland zu erzählen, für heute müsse es reichen. Dabei erfuhren wir eigentlich nur von den Hungerattacken, die wir allerdings sehr gut nachvollziehen konnten.

An diesem, wie man ihn nennt, *Heiligen Abend* blieb alles wahrhaft friedlich, heiliger Frieden also. Keine Sirenen zwangen uns, in den nächsten Bunker oder Luftschutzkeller zu hasten. Auffallend war, dass seit Einbruch der Kälte feindliche Flieger mehr bei Tag ihre Angriffe vornahmen, wofür besonders wir Kinder sehr dankbar waren. Das hieß doch, nachts im warmen Bett bleiben zu dürfen und an Schultagen den

Unterricht auf für uns recht abenteuerliche Weise im Luftschutzkeller zu erleben. Das war nicht so wirklich ernsthafter Unterricht.

Dass wir dem sogenannten Feind dankbar waren für diese Regelung seiner Kampfeinsätze gegen uns, ist schon irgendwie makaber.

Wir waren die Kellerkinder, Deutschlands Zukunft wuchs im Keller heran.

Immer wieder stellte ich fest, man war drauf und dran, sich immer mehr und immer intensiver mit dem Krieg zu arrangieren, es galt als Überlebensstrategie.

So könnte man auch glauben, Hitlers Durchhalteparole wäre im ganzen Land auf fruchtbaren Boden gefallen. Wir sollten alle hart wie Kruppstahl sein. Auf dem Weg dahin waren wir jedenfalls.

Aber heute war Weihnachten. Wir aßen und tranken all das, wie man so schön weihnachtlich sagt, *was uns beschert ward*. Die Erwachsenen tranken sogar Wein, den Tante Maria selbst hergestellt hatte. Ihr Garten hatte noch ein paar Früchte im überreifen Zustand ihr übrig gelassen. Der Wein schmeckte prima, denn wir Kinder durften auch ein paar Schluck probieren. Er ließ die sommerliche Sonne erkennen, denn er schmeckte süß wie ein ferner Sommertag. Ich hätte gerne noch mehr davon getrunken, aber immerhin durften wir uns ja an den selbst gebackenen Plätzchen erfreuen. Der Garten unserer Tante war selbst jetzt im Winter wunderschön. Eine leichte Schneedecke hatte ihn überzogen, und er war mit einem großen Kuchen zu vergleichen, der mit Puderzucker überstreut war. Die Vögel statteten dem reichlich für sie ausgelegten Futter in ihrem überdachten Vogelhaus ihren Besuch ab, und es machte wahren Spaß, sie dabei zu beobachten. Manche von ihnen schaukelten in den dürren Ästen der Bäume, in denen überall Fettkugeln mit Sonnenblumenkernen hingen. Alles war so friedlich, dass man tatsächlich den Krieg für eine Weile nur allzu gerne vergaß. Onkel Hans würde erst nach Weihnachten kommen, obwohl er Weihnachten angesagt war. Sein Bild stand auf der Anrichte des Wohnzimmers, es war darauf ein großer, gut aussehender

Mann in Uniform zu sehen. Daneben stand das Familienfoto unseres Großvaters Peter mit seiner Frau und den sieben Töchtern sowie dem einzigen Sohn, der, nachdem er von Russland heimgekehrt war, nicht mehr lebte. Auch seine jüngste Tochter sollte er nach den sieben Jahren der Gefangenschaft nicht in die Arme schließen können. Beide starben an einer heftigen Lungenentzündung, ein unermessliches Leid.

Erster und Zweiter Weltkrieg mit seinen Soldaten, das vermittelten mir diese beiden Fotos, als würde der Ablauf der Zeit, der Lauf des Lebens einzig davon bestimmt.

Opa Peter sprach niemals über diesen so schmerzlichen Verlust seiner beiden Kinder, er konnte nur an ihrem Grab noch weinen, genauso wie die Eltern unseres Vaters. Alle drei Söhne wurden ihnen durch den Tod entrissen, noch hatte ich diese Erkenntnis nicht, sollte aber später wissen, dass wir durch Hitlers grausame Herrschaft wie so viele Kinder Halbwaisen waren.

Noch aber war ich überzeugt, dass es selbst in diesen für uns so schönen Weihnachtstagen möglich sei, dass die Tür aufgehen würde und Vater uns liebevoll in die Arme schließen würde.

Diese Gedanken waren so heftig, dass ich nachts sogar so deutlich von diesem Ereignis träumte, dass ich am Morgen tatsächlich glaubte: Er ist endlich wieder bei uns, wir sind wieder alle zusammen mit *unserem Vater*. Wären solche Wunschträume nicht schon oft genug in Erfüllung gegangen, und seien sie noch so außergewöhnlich, dann gäbe es sie sicherlich auch nicht.

Jedenfalls hatten Ruth und ich noch nie ein solch schönes Weihnachtsfest erlebt.

Als es wieder nach Hause ging, erlebten wir den Krieg hautnah. Bis wir unsere Wohnung endlich erreicht hatten, war bis zu vier Mal Fliegeralarm. Im Zug überraschte er uns gewaltig, es gab niemand Anweisung, rausrennen oder drinbleiben im Waggon. So stürzte ich mit anderen hinaus, und unsere Mutter schrie mir nach, dass ich reinkommen solle. Die Bomber flogen sehr tief, man konnte fast die

Markierung ihres Landeszeichens erkennen. Runde, ausgefüllte grüne Kreise, unterschiedlich von Hellgrün zu Dunkelgrün, es waren Engländer. Ich kannte nicht einen Engländer. »Warum sind sie unsere Feinde?« Das fragte ich unsere Mutter bei allem Durcheinander, das während des Alarms herrschte. Ich war wieder in den Zug hineingeklettert, obwohl ich kein gutes Gefühl dabei hatte. Als Antwort auf meine Frage sagte meine Mutter: »Du stellst vielleicht Fragen! Das ist doch kein persönliches Feindbild. Wer unsere Feinde sind, entscheidet, wer mehr davon versteht als wir.« Mit dieser Antwort konnte ich mich nicht zufriedengeben, aber ich schwieg, zumal auch jetzt Jagdflieger über uns zu hören waren, die oft die Bomber begleiteten. Ich hatte Angst, verdammte Angst. Aber Ruth und ich versuchten, wenigstens nicht auch noch ängstlich auszusehen. Eins war uns klar: Sei es auch eine noch so kurze Reise, es wurde mit jedem neuen Tag gefahrvoller. Der Krieg rückte tatsächlich jetzt jedem Einzelnen auf die Pelle.

Wir kamen jedoch heil und ganz in Dillingen an, und auf unserem Heimweg passierte tatsächlich nichts mehr. Nur die Kulissen des Krieges, die ausgebombten Häuser, säumten den Heimweg, und sie sahen in der aufkommenden Dämmerung gespenstisch aus, ein Bild, das uns schon bekannt war.

Keiner von uns stellte unterwegs die Frage, ob wohl das Haus am Wald, in dem wir wohnten, ebenfalls ausgebombt sei. Bange Gefühle überfielen uns, wir schwiegen und spürten die Angst untereinander. Doch je näher wir dem Wald kamen, umso häufiger sahen wir *heile* Häuser – wie Ruth sie immer nannte. Und tatsächlich, wir fanden unser Zuhause *heil*. Ich war glücklich, aber auch erstaunt, wie gut das Schicksal es mit uns meinte. Die Nachbarn uns gegenüber, eine Lehrerfamilie, begrüßten uns freundlich von ihrer Terrasse aus. Sie waren ganz aufgeregt, da sie auf ihre Verwandten warteten, Ausschau nach ihnen hielten, denn sie kamen aus Köln, die Stadt, die in den letzten Tagen fast in Trümmer gelegt wurde. Mutter bot der Familie ihre Hilfe an. Was immer sie auch für sie tun könnte, sie sei da.

Wir liefen schnell und dankbar für unsere gut erhaltene Wohnung nach Hause. Wer weiß wie lange noch, musste ich denken, denn nichts war sicher vor diesem Moloch – *Krieg*.

Die technische Nutzung eines Radios gehörte zu den Dingen, die wir beide, Ruth und ich, seit wir ein richtiges Zuhause hatten, wirklich sehr zu schätzen wussten. Mutter ließ uns da freie Hand, bis wir zu Bett gingen, meist gegen zehn Uhr am Abend.

Auch heute konnten wir dann von den schrecklichen Angriffen auf Köln hören. Ich versuchte auch in dieser Nacht, wie schon in so vielen anderen Nächten, mir dieses Szenarium des Schreckens der unmenschlichen Gräueltaten, die in der ganzen Welt zurzeit geplant wurden, vorzustellen.

Mutter stellte sich ja tatsächlich taub, wenn ihre beiden Töchter regelmäßig feindliche Sender hörten, die in deutscher Sprache keineswegs vom Endsieg des Hitlerdeutschlands berichteten, ganz im Gegenteil, es war jetzt schon Ende 1943 durchaus abzusehen, dass wir, die Deutschen, die ja auch schließlich und endlich den Krieg angezettelt hatten, dank ihres größenwahnsinnigen Führers diesen Krieg schmählich verlieren würden und auch zur Rettung der Welt verlieren mussten. Die Ostfront zeigte das am deutlichsten. Silvester würde ich mich allzu gern zu Tante Maria retten.

Aber alles blieb nur ein schöner Traum. Die Silvesternacht verbrachten wir zu Hause in Dillingen, und zwar im Bunker unseres nahe gelegenen Waldes. Sirrende Geräusche von Granatsplittern flogen uns um die Ohren auf dem Weg dorthin.

Selbst Mutter schien Angst zu haben, wenn sie auch wie immer versuchte, die Tapferste von all den Menschen zu sein, die zu dem schützenden Bunker rannten.

Ruth und ich, wir landeten mehrere Male unter dem Befehl von Mutter auf der kalten nassen Erde. Bei diesen Bauchlandungen zeigte sie uns, wie man das schnell und ohne größeren Schaden überstand, ganz so, als hätte sie einstmals mit Soldaten exerziert.

Im Ersten Weltkrieg gab es die Schulzen Kathrin, die als Rotkreuzschwester unerschrocken auf den Schlachtfeldern Soldaten jeglicher Nation rettete, so hatte unsere Mutter dann auch diesen Namen im Stillen bei uns, ihren beiden Angsthasen, wie sie uns nannte, weg.

Später würde man sich sicherlich fragen, wie man das wohl alles ausgehalten hat. Vor allem auch diesen, wie wir auch jetzt erfahren mussten, meist bestialischen Hunger.

Wir, im Kloster von hohen Mauern umgeben, die uns gegen den Krieg abzuschirmen schienen, wussten mehr als die meisten Leute vor unseren schützenden Mauern.

Jedenfalls in der Schule, in der ich jetzt war, in Dillingen an der Saar, hatten wir nur einen mutigen Lehrer, der versteckte Anspielungen auf Hitlers Fehler machte, und man musste dabei sein verschmitztes Gesicht sehen, wenn er vom so groß propagierten Endsieg sprach. Er war bestimmt schon in Rente gegangen, bevor der Krieg ausbrach, musste aber nun, da Deutschland seine jungen Männer an der Front verschliss, wieder auf den Plan. Noch heute habe ich ihn genau vor mir, denke gern an ihn. Wir mussten ein- bis zweimal in der Woche mit Altmaterial anrücken, das wurde gewogen und auf unserer Liste gutgeschrieben. Soll erfüllt, bekam man nach vier Wochen mitgeteilt, oder aber auch nicht erfüllt, was zu Strafpunkten führte. Hatte man kein Altmaterial am entsprechenden Tag, schaute uns der Lehrer über seine Brille hinweg leicht grinsend an und sagte: »Schon wieder *gegessen*.« Warum er das so sagte, habe ich lustig gefunden, obwohl ich keinerlei Zusammenhang fand. Das Aussehen dieses allseits beliebten Lehrers erinnerte an Albert Schweitzer.

Zurzeit waren Schulferien, Weihnachtsferien. Nun warteten wir auf das allererste Silvester, zusammen mit unserer Mutter, in unserem ersten wirklichen Zuhause. Wir hatten keine besonderen Pläne, wie sollten wir auch in diesen Zeiten?

Mutter versprach uns, trotz aller Notlage, dass es zu diesem besonderen Anlass Kreppel, das sind eine Art Berliner, und Glühwein geben würde, von dem wir allerdings nur ein wenig kosten könnten.

Was für wirklich tolle Aussichten! Unsere Freude war groß. Jedoch erst am nächsten Tag erfüllte sich unser von Mutter so gepriesener Silvesterplan.

Ruth meinte: »Nichts ist im Krieg wirklich *todsicher* außer, und das auch nur vielleicht, der *Tod*.«

Ich wunderte mich über das kluge Wortspiel von ihr, obwohl sie eigentlich stets die richtigen Worte fand, wenn es um besondere Situationen ging.

Ich war richtig groß geworden, aber sehr dünn. Ruth überragte ich bereits, und bald sicher auch unsere Mutter. Ich überlegte im Stillen, ob sie mich dann auch noch schlagen würde, und überhaupt, ob ich mir das auch weiterhin gefallen ließe.

Wieder war die Anordnung gekommen, dass Ruth ihren Namen ändern sollte. Diesmal mit Nachdruck, der Aufforderung habe man sofort nachzukommen. Jüdische Namen seien in diesen Zeiten unverzüglich abzulegen. »Heil Hitler« stand auch diesmal wieder unter dem Schreiben. Eine Namenliste lag auch wieder dabei. Beim Durchsehen der großen Vielfalt der Namen trafen wir auf Annegrete. Wir fanden diesen Namen zum Krummlachen, und wenn ich Ruth wirklich einmal ärgern wollte, nannte ich sie so.

Unsere Mutter legte das Schreiben abermals in eine Ecke, um es nie mehr hervorzuholen. Ruth hat zu ihrer Freude bis zum heutigen Tag ihren jüdischen Namen.

Besonders ich fand das von unserer Mutter absolut großartig, ja mutig.

Heimlich dachte ich, wenn uns Hitler tatsächlich unseren Vater genommen hat, soll er nicht auch noch den Namen meiner Schwester haben.

Gleich zu Anfang des Jahres 1944 bekamen wir die ganze Wucht des Krieges zu spüren. Unaufhörlich überflogen uns die feindlichen Flieger. Keine Nacht verbrachte man durchgehend im Bett. Man wurde schon ganz stoisch, den Aufzählungen über die massiven Schäden zuzuhören, die *der Feind*, den es ja galt auszurotten, unserem Deutschland zufügte.

Trotz aller Gefahren plante unsere Mutter, mit uns nach Merzig zu fahren, zu Tante Anna, meiner Patin, um Brot zu erhalten. Der Hunger trieb sie sicherlich an, der Hunger, der ihre Kinder und auch sie fast noch mehr beschäftigte als der ganze Krieg, der alle Schuld für die traurige Tatsache der Angst und überhaupt alle Überlebenskämpfe hatte.

Es war Wochenende, ein Samstag, und schulfrei. Schon früh machten wir uns auf den Weg. Wir hatten Glück. Erst als wir im Zug nach Merzig saßen, heulten die Sirenen, die man trotz des Ratterns des Zuges hörte, als wir in den Bahnhof Merzig einfuhren. Es war nicht möglich auszusteigen, und unsere Mutter tröstete ein älteres Ehepaar, das sich heftig fürchtete. Sie bot ihnen ihre allzeit einsetzbare Kaffeekanne mit dem herrlichen schwarzen Muckefuckkaffee, wie diese Kriegsbrühe scherzhalber hieß, an, und tatsächlich, das Paar beruhigte sich, bis schließlich durch einen lang gezogenen Ton das Luftschutzalarmende angekündigt wurde. Zwei Stunden hatte dieser ganze Zinnober gedauert, was sonst in einer guten halben Stunde erledigt war, der Weg von Dillingen nach Merzig.

Aber was war schon zu diesen Zeiten die Zeit? Sie zählte eigentlich nur in einigermaßen erträgliche und nicht auszuhaltende Zeit.

Wir verabschiedeten uns freundlich von dem älteren Ehepaar und nahmen unseren Weg zur Bäckerei unserer Tante auf.

Ruth und auch ich freuten uns auf ein Wiedersehen mit ihr, schließlich hatten wir sie ja in bester Erinnerung seit unserer Erstkommunion. Am Hause der Tante angekommen, bestaunten wir zunächst das noch immer festlich weihnachtlich geschmückte Schaufenster. Ich drückte mir förmlich die Nase platt. Ein Schlaraffenland lag da vor uns. Wie wir später erfuhren, hatte die Tante die Verteilungsstelle der Lebensmittel im Bereich der Dinge, die es über einen Bezugsschein für jeden Deutschen gab, was aber nur knapp zum Überleben reichte.

In Friedenszeiten hätte man das Schaufenster um die Weihnachtszeit wohl ärmlich genannt, mehr Lametta und schmückendes Beiwerk als Essbares. Jedoch an diesem Tag – ein wahres Wunderland.

Mutter bestand darauf, draußen auf uns zu warten, und wir dachten doch eigentlich an einen längeren Besuch bei Tante Anna, wo wir auch sicher unsere Cousinen kennenlernen würden, und wer weiß, wenn er nicht gerade an der Front für Führer, Volk und Vaterland kämpfte, unseren Onkel Bruno. Unentschlossen öffnete ich die Ladentür. Nichts wie fort, dachte ich im gleichen Moment und strebte wieder dem Ausgang zu. Die Peinlichkeit dieser Situation lastete plötzlich schwer auf mir. Aber noch ehe ich die Eingangstür ganz öffnen konnte, kam wie aus dem Nichts hinter dem Ladentisch eine junge, sehr schöne Frau hervor, nahm uns beide verschüchterte Wesen liebevoll in die Arme und erklärte uns, dass auch sie unsere Tante sei, nämlich Tante Helene. Es stellte sich heraus, dass sie die Cousine von Tante Anna und unserem Vater war.

Das ließ mich aufhorchen, wie alles, was mit meinem Vater zusammenhing, nach dem ich mich so sehnte.

Jetzt reichte uns Tante Anna über die Theke hinweg die Hand, die wir hastig ergriffen. »Ihr seid aber recht groß geworden«, meinte sie und reichte uns ein warmes, gut duftendes Brot, was Ruth dankend in Empfang nahm. Sie hatte offensichtlich weit weniger Probleme als ich, wenn es ums Betteln bei Tante Anna ging. Für mich jedenfalls käme das nicht mehr infrage, das nahm ich mir fest vor. Als wir uns verabschiedeten, sagte Tante Anna in einem bitteren Ton: »Übrigens, ihr könnt eurer Mutter sagen, dass euer Vater im KZ umgekommen ist.« Diese ungeheuerliche Nachricht so mitleidlos dahingesagt, entfachte in mir ein riesiges Entsetzen, zeigte aber auch den ganzen Schmerz; wir wussten ja, wie sehr sie ihren einzigen Bruder liebte. Wieder auf der Straße, wäre ich auch am liebsten tot gewesen. All die jahrelang gehegte Hoffnung auf ein Wiedersehen mit unserem geliebten Vater, sie schien dahin zu sein.

Ruth kam mit ihrem großen Brot unter dem Arm an und verkündete Mutter die schreckliche Nachricht. In ihren großen blauen Augen standen Tränen. Mutter versuchte eilends aus der Nähe von Tantes Haus zu kommen. Sie hatte uns bei der Hand genommen und zog uns hinter sich her, als seien wir auf der Flucht vor etwas Bedrohlichem.

All das konnte einfach nicht wahr sein, was da eben unsere Tante gesagt hatte, sonst müsste das Mutter doch auch wissen. Als wir endlich außer Sichtweite von Tantes Bäckerladen waren, blieb Mutter erschöpft stehen und wischte liebevoll die Tränen aus Ruths Augen. Ich wünschte, dass auch ich hätte weinen können. Ob dann Mutter mir auch so liebevoll die Tränen abgewischt hätte? Das ging mir durch den Kopf, in meiner ganzen Verwirrtheit. Alles schien erstarrt in mir. »Nun wollen wir drei aber schnell nach Hause eilen, vielleicht ist ja Post von eurem Vater gekommen, wir werden sehen«, meinte hoffnungsvoll unsere Mutter. Ich hatte sie in diesem Moment richtig lieb und umklammerte ganz fest ihre Hand. Ich wollte nur noch eins, in unser schützendes Zuhause. So rasch es überhaupt ging, eilten wir zum Bahnhof Merzig und hofften auf eine baldige Zugverbindung.

Während wir auf den Zug nach Dillingen warteten, stellte ich unserer Mutter die so lange zurückgehaltene Frage, ob denn unser Vater auch bei den Soldaten sei, und vielleicht auch in Russland.

Ich zog meine Mutter am Arm zu mir herunter, denn sie schien so weit weg zu sein in ihren Gedanken, und ich wollte sie doch auf mich aufmerksam machen mit meiner mir so wichtigen Frage. Ruth legte ihren Finger auf den Mund, was bedeutete, ich solle Mama in Ruhe lassen. Aber sie antwortete geistesabwesend: »Ja, das werde ich euch alles später erzählen.« Später, das hatte ich immer gehört, wenn ich einmal wirklich etwas über Vater wissen wollte, so ich denn überhaupt mal mich traute, diesbezüglich Fragen zu stellen. Später – dieses bezeichnende Wort, wenn Erwachsene sich scheuen, über Dinge zu reden. Es wurde dann auch wirklich sehr viel später, und ich hegte jedenfalls bis dahin weiter die Hoffnung, dass unser Vater lebte und keine Möglichkeit hatte, uns zu besuchen. Wenn wir eines in der Klosterschule gelernt hatten, dann war es, Geduld zu üben.

Großvater Gustav war es dann, der uns die leidvolle Nachricht von Tante Anna bestätigte. Ich war da schon fast fünfzehn Jahre alt. Vater war tatsächlich im KZ Neuengamme bei Hamburg ums Leben gekommen. Als ich den ganzen Schmerz darüber in Großvaters Gesicht sah, schwor ich mir, alles zu tun, um ihn zu trösten.

An jenem unglückseligen Tag in Merzig hielt mich meine Hoffnung auf ein Wiedersehen mit unserem Vater aufrecht, schließlich hatten wir ja von klein auf gelernt, eine Menge auszuhalten. Ruth meinte zwar, dass Tante Anna niemals uns so etwas Schreckliches mitteilen würde, wenn das nicht der Wahrheit entspräche. Sie sprach es nicht aus, was das Schreckliche eigentlich war, und ich hatte da meine ganz eigene Meinung. »Vielleicht«, so antwortete ich ihr, »wollte Tante Anna Mutter nur erschrecken, da sie sich nicht mögen, die beiden.« Ruth schüttelte zu meinen, wie sie sagte, sonderbaren Ansichten heftig den Kopf. »Niemals würde Tante das tun.«

Ich aber glaubte weiterhin einzig an meine *sonderbare* Ansicht.

Wir waren alle sehr glücklich, trotz wiederholtem Heulen der Sirenen, als wir an diesem Tag endlich zu Hause waren.

Mutter tat das Wichtigste, was man in aussichtslosen Lagen oft tut: Sie dachte an das leibliche Wohl von uns allen und deckte den Tisch für das Abendbrot. Das Brot, noch warm, duftete durch die ganze Wohnung. Ich weigerte mich, auch nur ein Stück davon zu essen, so begnügte ich mich mit meinem Haferflockenbrei.

»Dass du auch immer so trotzig sein musst!«, meinte unsere Mutter, eigentlich mehr traurig als streng, wie ich es gewohnt war, wenn sie mich tadelte.

Mit jedem Tag wurde uns bewusster, dass wir inmitten des tobenden Krieges lebten. Die Front war direkt vor unserer Haustür. Wir sahen blutüberströmte Soldaten stürzen, oft fehlten ihnen ganze Körperteile, abgerissen von Geschossen, die sie zur Zielscheibe hatten.

Zwei Lazarette waren am Waldrand aufgebaut, wo Tag und Nacht Ärzte und Krankenschwestern unter den schwersten Bedingungen Leben zu retten versuchten. Wir konnten uns nur wundern, wie trotz allem Chaos Rettung möglich war, wenn auch in einigen Fällen die Hoffnungslosigkeit die Menschen in diesem Hexenkessel wie Marionetten erscheinen ließ.

Von oben fast tägliche Bombenangriffe, von rechts und links Kanonenschüsse. Wer nicht unbedingt aus dem Haus musste, so denn das Haus noch stand, blieb im schützenden Keller und hoffte verzweifelt auf ein Ende des Infernos.

Der Schulunterricht fand nicht mehr statt, auch nicht im Keller des Schulgebäudes. Das ganz normale Leben, soweit es noch so was in diesem Krieg überhaupt gab, war nunmehr gänzlich erstarrt. Es herrschte der Ausnahmezustand, und wir erfuhren von unserer zweiten Evakuierung, obwohl sich jeder fragte, wie das ablaufen sollte.

Der Monat Januar war noch nicht ganz vorüber, als die Nachricht von Tante Maria kam, dass Onkel Hans, ihr Mann, in Russland gefallen sei, kaum dass er nach seinem Heimaturlaub wieder an der Ostfront war. Ich habe ihn ja nur auf einem Foto gesehen, als Soldat, und trotzdem schmerzte es mich, wieder jemanden aus der Familie verloren zu haben. Wie mussten sie alle so traurig sein. In der gleichen Nacht, als wir diese schlimme Nachricht bekamen, träumte ich, dass unser Vater vom Balkon aus in unser Schlafzimmer hineinblickte. Ein so lebhafter Traum war das, dass ich meine Mutter weckte, um mit ihr auf dem Balkon nachzusehen, ob der Traum wahr sei. Mutter ging tatsächlich mit mir in die kalte Nacht hinaus, damit ich mich überzeugen konnte, dass alles nur ein Traum war. Bis heute sehe ich sein Gesicht, wie es, durch die Straßenlaterne erhellt, suchend sich an der Fensterscheibe zeigte. Er hatte eine Schirmmütze auf, das ist eine Kopfbedeckung, die ich viel später auf Fotos zu sehen bekam, und zwar bei Opa Gustav, dem Vater von unserem Vater. Er trug sie als Student, das war damals Mode. Diese Tatsache fand ich dann doch recht komisch und auch bezeichnend für mein Gefühl, ihm immer nah zu sein. In meinen Erinnerungen an ihn trug er nie eine Kopfbedeckung.

In den ganzen Wirren, die zurzeit herrschten, mussten wir noch einmal unsere gerade gewonnene Heimat verlassen. Bald schon wurde es Gewissheit. Diesmal sollte es nach Mainfranken gehen, nach Püssensheim bei Prosselsheim, beides so unbekannt wie nur was, in der Nähe von Würzburg. Gottlob sollte Tante Maria wieder mit uns kommen, natürlich mit Udo, Claus und Christa. Das zumindest freute uns und war das beste Trostpflaster.

Ende März 1944 packten wir unsere Habseligkeiten zusammen und fanden uns an der vorgegebenen Sammelstelle am Bahnhof ein. Ich sah viele meiner Mitschülerinnen, und es sah nicht gerade aus, als gingen wir zu einer fröhlichen Klassenfahrt. Die meisten verließen nur ungern ihr Zuhause, Spielen war nicht mehr so angesagt, wie das auf der Heimreise noch möglich war. Ich hatte den Eindruck, dass rund um mich herum die Menschen kriegsmüde waren. Dieses Wort hatte ich von unserem Klassenlehrer aufgeschnappt. »Fleißig Altmaterial sammeln, meine Lieben, und nur nicht müde werden, kriegsmüde besser.« Ich sah ihn nicht unter uns. Ob er überhaupt bereit war zu flüchten, wie man das nannte, wie wir das vorhatten? Er war ein älterer, störrischer Mann, der sich sicher nicht so schnell fügen würde. Dabei hätte ich mich sehr gefreut, wäre er unter uns Reisenden gewesen.

Es war ja wirklich höchste Zeit, dass wir unser Zuhause verließen, denn die Front war nunmehr direkt vor der Haustür. Jetzt hörten wir nicht nur das Grollen der feindlichen Flugzeuge am Firmament, jetzt zitterte auch die Erde unter unseren Füßen von der nahe gelegenen Artillerie beider Fronten. In den Schützengräben befanden sich Soldaten, ebenfalls beider Fronten. Eigentlich wusste man gar nicht, vor wem man die Flucht ergreifen sollte. Kanonenschüsse ballerten den ganzen Tag über uns. Sie schwiegen auch in der Nacht nicht. Blutüberströmte Soldaten stürzten und suchten Hilfe in ihrer verzweifelten Lage. Gottlob gab es ja unterhalb unseres Hauses auf dem freien Platz, wo sonst in jedem Herbst die Kirmes aufgebaut wurde, zwei große Lazarette. Hier fanden die verletzten Soldaten Hilfe und nicht zuletzt Trost. Bis zu unserem Abtransport war das zunächst in all den Kriegswirren ein ziemlich heilloses Dasein. Unsere couragierte Mutter gab uns doch sehr viel Mut und Kraft zum Durchhalten, obwohl sie innerlich sicher auch Angst verspürte.

Tante Maria und ihre Kinder staunten nicht schlecht, als wir ihnen von unseren Kriegserlebnissen in dem kleinen Dillingen erzählten und dass wir irgendwie schrecklich dankbar waren, mit heiler Haut davongekommen zu sein. Das Wiedersehen mit Tante Maria und ihren Kindern half uns über vieles hinweg. Jedoch war der anhaltende Alarm auf unserer Zugstrecke kaum auszuhalten. Der Zug wurde beschossen, es gab keinen Halt mehr gegenüber Zivilpersonen. Man schoss auf einfach alles, vor allem auf alles, was sich bewegte. »Wie die Jäger im Wald die armen Tiere hetzen und erlegen«, meinte Ruth. Ich dachte, das ist fürwahr der richtige Vergleich, so kam man sich vor.

Mutter aber meinte zum x-ten Mal: »Wir haben den Krieg angefangen, nun müssen wir es aushalten.« Viele dachten sicherlich so, wenn sie überhaupt über diese entsetzliche Zeit nachzudenken vermochten. Aus Angst vor harter Strafe, die sogar das Leben kostete, wie man mittlerweile wusste, ertrugen viele die Kriegsjahre in stiller Verzweiflung. Mutter allerdings sah ich voll Sorge schon auf dem Weg ins KZ.

Trotz aller schrecklichen Geschehnisse kamen wir wieder mal heil davon und landeten im idyllischen Dörfchen Püssensheim bei Prosselsheim in Mainfranken. Wir drei, Mutter, Ruth und ich, kamen bei einer sehr lieben Lehrerfamilie unter, im großen Schulhaus. Tante Maria mit den drei Kindern fand ein neues Zuhause bei zwei älteren Bauersfrauen im obersten Stockwerk ihres kleinen Häuschens. Sie kümmerten sich liebevoll um ihre Gäste aus der Ferne.

Es war ungeheuer interessant, am nächsten Tag auf Entdeckungsreise zu gehen. Das war ganz nach unserem Herzen. Wir waren inmitten tiefsten Dorflebens angekommen, mit allem, was dazugehört, was uns dennoch fremd war, besonders aber den Stadtkindern Christa, Claus und Udo. Durch unseren Heimaufenthalt kannten wir immerhin die Welt der meisten Tiere, die es auch hier zu unserer Freude gab. Aber hier, das war nunmehr »Landleben pur«.

Mit den Pferden fuhr Udo hinaus in die Felder zum Pflügen, die Kühe trieb er auf die Weide, und hier gab es Schweine, die auf der grünen Wiese frei herumliefen und wirklich aus reinem Vergnügen grunzten. Hunde und Katzen, Enten und nicht ganz ungefährliche Gänse tummelten sich herum. Wir waren bei der Bürgermeisterfamilie des Dörfchens gelandet, denn Annemirl und Dorle, die beiden älteren Bauersfrauen, in deren Haus Tante Maria und ihre Kinder ein Zuhause gefunden hatten, waren die Patentanten der Bürgermeisterkinder, drei an der Zahl: Alfred, Mirle und Heide. Alle aber schon über zwanzig. Mirle, die Mittlere, ihr hatte sich Udo verschworen, ihr Knecht wollte er sein und auf immer bleiben.

Ich hatte mein größtes Vergnügen, die kleinen Watschelentchen mit ihrer Mutter an das nahe gelegene Bächlein zu führen. Es gab nichts Schöneres, als dort auf der grünen Wiese mit ihnen zu sein.

Hier in dem kleinen, verträumten Dörfchen Püssensheim wurde es mir nur allzu deutlich klar, wie sehr ich unsere Tiere aus dem Kinderheim vermisste, sodass ich oft gar nicht die Freiheit, die ich nach dem Verlassen des Heimes hatte, zu genießen wusste. Es war aber eine wirklich komische Tatsache, dass vor allem Udo und ich es dem Krieg zu verdanken hatten, jetzt mit all den Tieren so glücklich zu sein.

Aber lieber gar nicht so viel darüber nachdenken, nur froh sein über diese schöne Tatsache, denn jetzt hatte unser Leben einen nie zuvor gekannten Sinn. Kaum waren wir am Mittag aus der Schule, hieß es für uns beide schnell essen, Hausaufgaben erledigen – und dann nichts wie raus in unser neues bäuerliches Dasein.

Es war wie gesagt die Bürgermeisterfamilie, die uns als Gehilfen willkommen hieß. Udo wurde die rechte Hand von Mirle. Er half tüchtig im Stall oder trieb mit Mirle zusammen die Kühe auf die Weide. Er schwor ja immer wieder, Mirles Stallknecht zu bleiben. So groß war seine Begeisterung für das Landleben.

Tante Maria hatte ihre liebe Last, dass er überhaupt zur Schule ging. Als Mirles Knecht reichte seiner Ansicht nach, was er konnte. »Du musst doch das Milchgeld zählen können«, meinte seine Mutter. »Das kann ich längst«, war die prompte Antwort. »Warum noch die Schule?«

Gottlob blieben uns Kindern die lästigen Jahre als Jungmädel oder Hitlerjunge erspart. Wir waren zu wenige. In der Heimat sollte es aber damit losgehen, natürlich nach dem Endsieg! Mein Cousin Claus und ich, wir entsprachen sowieso nicht dem Idealbild deutscher Jugend. Wir hatten schwarze Haare und dunkle Augen, im Gegensatz zu Ruth, Christa und Udo. Uns war das aber alles schnuppe. Hitlers Krieg hatte uns in der Heimat stark zugesetzt, so sollte kein Kind groß werden. Allein der ewige Hunger, dem wir alle ausgesetzt waren, reichte aus, jeden weiteren Tag des Krieges zu verfluchen. Hinzu kam der ständige Fliegeralarm, der uns besonders nachts seinen Schrecken spüren ließ, ganz zu schweigen von dem Heranrücken der Front, die uns durch Kanonenschüsse ihre Vernichtung ankündigte. Der Feind, wie sollten wir ihn uns vorstellen? Nach all den Hassparolen der Nazis sicher als Monster, die nichts anderes als unseren Tod wollten.

Hier in Püssensheim umgab uns so etwas wie Frieden. Wir konnten uns dank der freundlichen Bauernfamilien satt essen, für uns Kinder schlichtweg das Paradies, und unsere Mütter konnten aufatmen. Bald würde Ostern sein, Ostern 1944. Mutter hatte ein Stück lilafarbenen Stoff ergattert und wollte mit uns nach Prosselsheim zu einem dort ansässigen Schneider, um uns festliche Kleider nähen zu lassen. Ein angstvolles, einschneidendes Erlebnis machte einen Strich durch unseren lilafarbenen Albtraum, wie ich die Angelegenheit nannte. Der Stoff war außer der schrecklichen Farbe auch noch sehr juckend. Jedoch war der Grund, der zu dieser Erlösung führte, eine harte Kriegserfahrung. An jenem schicksalhaften Tag, es war ein Samstag, verließen wir unser schützendes Dörfchen, denn die Bushaltestelle lag ziemlich außerhalb von Püssensheim, weit und breit war schon bald kein Haus mehr zu sehen. Nur Felder und Wiesen. Ein kleiner Murmelbach floss neben dem Fußgängerweg einher, eingelassen in eine blumenreiche Böschung. Es machte uns Spaß, mit dem munter dahinfließenden Bächlein in gleicher Richtung unterwegs zu sein.

Plötzlich tauchte aus dem Nichts ein Tiefflieger auf, ohne jegliches Warnzeichen war er direkt über uns. Er flog so tief, dass man den Piloten in der Flugkanzel genau erkennen konnte. Er trug eine Fliegerbrille und eine Fliegerkappe aus Leder. Er blickte interessiert auf uns hinunter. Mutter schrie das Kommando: »Runter mit euch!« Dann warf sie schützend die lilafarbene Stoffpracht über uns, ehe sie selbst eine Bauchlandung machte. Wir versuchten sie auch unter den schützenden Stoff zu bekommen, aber sie gebot, still liegen zu bleiben. Wir gehorchten aufs Wort, sozusagen mit soldatischem Gehorsam. Mutter lag nun allein im Visier des feindlichen Fliegers, doch sie schien nicht nur furchtlos zu sein, sondern auch unverwundbar.

»Es ist ein Engländer«, hörten wir jetzt Mutter flüstern. »Ja, schon bemerkt«, flüsterte Ruth zurück, aber für Mutters Dafürhalten doch nicht leise genug. »Nicht so laut!«, ermahnte Mutter Ruth, als könnte das feindliche Flugzeug uns nicht nur sehen, sondern auch hören.

Die Situation war trotz aller Ängste, die man ausstand, doch irgendwie makaber, oder komisch, könnte man auch sagen, aber auf jeden Fall sehr abenteuerlich.

Dann zeigte die absolute Ruhe über unseren Köpfen uns an, dass die Gefahr vorbei zu sein schien.

Das englische Flugzeug war außer Sicht. Man hatte Erbarmen mit uns gezeigt, wir waren dankbar dafür und rappelten uns wieder hoch, um dann zu meiner großen Freude den Rückweg anzutreten. Selbst Mutter schien weiche Knie bekommen zu haben. Ja, wir hatten mal wieder Glück gehabt. Wie lange würde das noch anhalten? War unser Vater wirklich durch die Kriegswirren umgekommen, was ich aber niemals glauben wollte, dann allerdings hatte uns dieser grausame Krieg das Liebste, was wir hatten, entrissen.

Ich konnte mir nur weiterhin vorstellen, dass, war alles wieder in dieser Welt friedlich, unser Vater schützend die Hand über uns halten würde, niemals würde uns ein Leid mehr geschehen. Gerade nach einer solchen Attacke, wie wir sie gerade erleben mussten, kamen mir diese wunderbaren Gedanken eines heilen Familienlebens. Unsere Mutter hatte wohl eine ganz andere Ansicht, was die Vaterrolle betraf. Sie sagte immer, und vor allem, wenn sie mir eine Tracht Prügel verabreichte: »Ich muss schließlich Vater und Mutter für euch sein.« Demnach rechnete sie einen Teil der Strafe dem väterlichen Part zu. Ich aber war felsenfest davon überzeugt, dass unser Vater niemals die Hand gegen uns erheben würde.

Genau diese Gedanken gingen mir auf dem Nachhauseweg mal wieder heftig durch den Kopf. Mutter forderte mich auf, etwas schneller zu gehen und nicht immer hinterherzutrotteln, denn schließlich könnte der Tiefflieger wieder aufkreuzen. »Blöde Engländer!«, wagte ich zu meckern und bekam sogleich von Mutter zu hören, dass wir das Gleiche in England machen würden. »Stimmt«, sagte Ruth. Ob ich wohl auch in knapp zwei Jahren so ein braves Kind wäre, denn das waren genau besehen 18 Monate, die sie älter war als ich. Aber in mir war immer ein wenig Aufsässigkeit, die keine Ruhe gab. Von daher bezweifelte ich, je so friedfertig wie meine Schwester zu werden.

Der Heimweg zog sich wie Gummi dahin, und ich hatte noch immer weiche Knie von unserem ungewöhnlichen Kriegserlebnis. Doch endlich erreichten wir unser idyllisches Dörfchen. Ab jetzt waren wir tatsächlich sicher vor weiteren Schrecken.

Zu unserer größten Freude entschied Mutter, dass wir zu Tante Maria gehen würden. Vielleicht hatte ihr das mit dem englischen Tiefflieger doch mehr zugesetzt, als man ihr anmerken konnte. Hurra, kein juckendes lilafarbenes Kleid, stattdessen zur geliebten Tante, das war weit besser. Laut sprach ich meinen inneren Jubel nicht aus, das hätte Ärger gegeben, den könnte ich im Moment nicht aushalten.

Tante Maria war gerade dabei, das Mittagessen vorzubereiten; natürlich hatten wir alle mittlerweile auch großen Hunger. Das war aber für unsere Tante kein Problem, sie kannte sehr gut ihre ewig hungrigen Nichten.

Noch ehe wir recht zur Tür hinein waren, legten wir los, unser Erlebnis zu erzählen. Wir kamen uns wie kleine Helden vor, die noch einmal Glück gehabt hatten und mit dem Leben davongekommen waren. Udo meinte mit gespielter Angst: »Da hätt ich mir aber glatt in die Hosen gemacht!«

Es war, so musste ich dankbar zugeben, trotz aller Angst und allem Schrecken ein schöner Tag, so inmitten eines warmherzigen Familienlebens zu sein. Wir gehörten zusammen, so wie wir alle hier in Tantes Stuben saßen; ein unerhörter Reichtum, den man vielleicht nur deshalb so besonders empfand, da man Jahre der Orientierungslosigkeit im Kinderheim verbracht hatte.

Bald machte unser aufregendes Kriegserlebnis die Runde im ganzen Ort, und wir mussten wieder und wieder die Geschichte mit dem englischen Tieffflieger erzählen. Einige Leute hatten das Flugzeug gesehen, wie es ganz tief am Rand des Dorfes flog und dann ebenso schnell, wie es aufgetaucht war, verschwand. Alles ohne jeglichen Alarm. Irgendwie ängstigte alle die Vorstellung, dass dies zu jeder Zeit wieder passieren konnte, und dann mit weniger gutem Ausgang.

Wir kannten ja die meist nächtlichen Angriffe auf die nahe gelegene Stadt Würzburg. Wenn die feindlichen Bombermaschinen über uns hinwegflogen, erzitterte das Haus, bis hinunter in den Keller, wo wir alle Zuflucht suchten.

Mutter sagte recht oft, wenn zur Debatte stand, dass es furchtbar sei, was sich da über unseren Köpfen abspielte, und nicht auszudenken sei, wenn diese tödliche Last der Bomber niederginge: »Wir sind die Feinde unserer Feinde, und wir bombardieren ihre Städte.« Dann herrschte meist betretenes Schweigen, aber schließlich hatte sie ja recht, nur keiner von uns hatte die Möglichkeit, das alles zu beenden, und die Kriegshetzer, allen anderen voraus Hitler, propagierten den Krieg, den totalen Krieg als heilsbringende Wende für das deutsche Reich. Moralische Bedenken waren da nicht angebracht, wenn selbst bei schwindenden Aussichten auf den »Endsieg« im Jahr 1944 für Hitler und seinesgleichen genau dieser Endsieg dem Volk als sichere Tatsache weiterhin angepriesen wurde.

Nur eins war wohl sicher: Unsere Kindheit, auch wenn wir hier in dem kleinen Dörfchen sorglos leben konnten, sie wurde durch die Kriegsgeschehnisse vorzeitig beendet. Man mochte die Sorgen von uns so gut es ging fernhalten, der Krieg hatte so viele Varianten des Grauens, dass niemand verschont blieb.

Meist konnte man sich samstagnachmittags die Deutsche Wochenschau im Schulgebäude ansehen. Kinder, nur in Begleitung von Erwachsenen. Obwohl sicherlich vieles in diesen »Deutschen Wochenschauen« nicht so siegreich für unsere Frontabschnitte lief, packte jeden der Anwesenden das nackte Grauen. Man hatte den Eindruck, die Welt fliegt auseinander, löst sich in ihre Bestandteile völlig auf.

Ein großes Völkermorden fand da vor unseren Augen statt. Wie sollte aus diesem Hexenkessel noch jemand lebend herauskommen?

Die Propagandabosse schrien aber noch immer: »Wollt ihr den totalen Krieg?« Und das Volk schrie: »Ja!« Man schrie ganz einfach das, was erwartet wurde, genau wie ein eingeübtes Theaterstück. Kritische Stimmen sagten hinter vorgehaltener Hand: »Das ist Massenhysterie, die sich epidemisch wie eine Krankheit ausbreitet.«

In der Klosterschule erzählten sich die großen Mädchen, dass sich die wenigsten Deutschen über die wirklichen Ziele Adolf Hitlers klar seien. Wer hatte denn schon sein Buch »Mein Kampf« gelesen, das er 1924 während seiner Inhaftierung schrieb, nach dem misslungenen Sturm auf die Feldherrnhalle in München?

Es wurde für den kritischen Teil der deutschen Bevölkerung immer deutlicher: Hitler missbraucht seine Macht, er ist berauscht von ihr, was ihn gleichgültig gegenüber seiner Verantwortung macht.

Es hieß einen Wahnsinnigen zu stoppen, dessen Ziel zu sein schien, die ganze Welt zu beherrschen.

Hitler, der kleine Schütze Arsch aus dem Ersten Weltkrieg, hatte sich aus dem Schützengraben erhoben, schüttelte sich den Dreck von seiner Uniform und nahm sich gegen alle Vernunft das Recht heraus, über das deutsche Volk zu herrschen, ja es zu beherrschen.

Nie war es klarer als 1944: Wir sind in den Händen eines Irren, den nur noch sein eigener Tod stoppen kann.

Nie glaubten die Menschen Europas heftiger an ein Wunder, das diesem Moloch Krieg ein Ende setzt.

Eins war klar, Hitler ging es nicht darum, das deutsche Reich zu retten, es ging ihm einzig um seinen persönlichen Erfolg.

Wir Kinder inmitten dieses wütenden Krieges versuchten immer öfter, ihn auszutricksen, mit ganz einfachen Annehmlichkeiten, die wir uns von unseren Müttern erbaten, wie zum Beispiel: Wir drei Mädels, Christa, Ruth und ich, wollten übers Wochenende bei Tante Maria sein. Uns genügte es, das tägliche Einerlei zu unterbrechen, das fanden wir famos. Unsere Mutter, die »Bubenmutter«, war ebenfalls sehr froh, ihre beiden Neffen über ein Wochenende, beide ihre Lieblinge, verhätscheln zu können; sie ließen es sich nur allzu gerne gefallen.

Am Abend bevor es bei Tante Maria ins Bett ging, beteten wir alle für Onkel Hans und alle übrigen in der Familie. Ich fragte mich, warum unsere Mutter nie zusammen mit uns für unseren Vater betete. Dann nahm ich meinen ganzen Mut zusammen und fragte Tante Maria über ganz viele Dinge, die unseren Vater betrafen. Sie gab mir ganz selbstverständlich Antwort und erzählte uns, was unser Vater für ein patenter Mann sei, aber eben, dass unsere Mutter sich das Zusammenleben mit ihm ganz anders vorgestellt hatte. Sie fragte, ob wir nun auch für ihn ganz besonders noch mal beten wollten. Natürlich wollten wir das. Ich hatte fast das Gefühl, dass er ganz nah bei mir war, und ich dankte meiner Tante ganz überschwänglich für ihr liebevolles, einfühlsames Verhalten.

Sie versprach Ruth und mir, dass, wären wir erst einmal wieder in der Heimat, sie uns viele Fotos von unserem Vater zeigen könne. Auch Fotos, wo wir beide als Winzlinge mit ihm zusammen abgelichtet waren. Abschließend sagte sie uns noch, dass mein Vater ebenso ein Held sei wie alle Soldaten. Später dann würden wir mehr erfahren über diese schweren Zeiten. Später, wenn wir älter seien.

Dann nahm sie Ruth und mich liebevoll in die Arme, und seit Langem hatte ich mich nicht mehr so wohlgefühlt und so gut verstanden. Sicher erging es Ruth genauso. Als wir sonntags zusammen mit unserer Mutter zurück ins Schulhaus gingen, es war schon reichlich spät am Abend, hatte ich das beglückende Gefühl, dass etwas Besonderes mit mir passiert sei. Diese bleierne Schwere, die sich in meinem Herzen festgesetzt hatte, war weitgehend verschwunden.

Am nächsten Morgen, als wir am Frühstückstisch saßen, erklang aus dem Radio jenes Lied, das mir schon in der Wiege in den Ohren tönte und das mich überhaupt immer begleitete, so wie alle Kinder dieser Zeit: »SA marschiert«.

Nach diesem Nazilied hielt Goebbels eine wie stets infernalische Rede, wie Mutter bemerkte. Nur wenige erreichte er sicher noch damit, fest und unerschrocken an den Endsieg zu glauben; er erreichte höchstens noch, dass man bei seinem Redeschwall nicht einschlief.

Ich konnte erraten, dass Mutter uns mal wieder drollige Geschichten erzählen würde, die wir als Kleinkinder so produziert hatten. Es machte uns übrigens großen Spaß, wenn Mutter, und sei es auch zum x-ten Mal, dies tat.

Immer wenn sie von vergangenen Zeiten sprach, da wir noch eine richtige Familie waren, hatte ich sie auf eine schmerzlich tiefe Weise lieb. Ich war ihr dankbar und glaubte, dadurch etwas zurückzubekommen für die verlustvolle Trennung über all die vielen Heimjahre.

Eins war für uns Kinder ganz klar: Hier in dem kleinen Dörfchen Püssensheim erlebten wir trotz aller Ängste, die der Krieg auslöste, tatsächlich so etwas wie eine wirklich glückliche Kindheit. Dass es so war, hierzu trugen vor allem die Dorfbewohner bei. Für sie waren wir keine lästigen Fremden, die der Krieg nach hier verschlagen hatte, nein, wir waren ihnen durchaus willkommen, wir wurden Freunde. Ob wir im Schulhaus oder Tante Maria bei den beiden älteren Bauersfrauen, nicht zu vergessen die Bürgermeisterfamilie, die so herzlich zu uns Kindern war, alle gaben uns das Gefühl, hier nicht nur eine Bleibe zu haben, sondern schon eher ein Zuhause.

Gegenseitige Anteilnahme half über so viele Verluste, die der Krieg auch allen hier unweigerlich brachte, hinweg. Mütter beklagten ihre gefallenen Söhne, Kinder ihre Väter. Fast kein Haus, in dem man nicht durch den Krieg Tote oder Verletzte zu beklagen hatte. Der Sohn unserer Lehrerfamilie, er war schon gleich zu Anfang des Krieges an der Ostfront gefallen. Mittlerweile galt auch Alfred, der Sohn der Bürgermeisterfamilie, als vermisst. Selbst Udo versuchte die Familie zu trösten, was ich sehr rührend fand. Er meinte, Alfred hätte bestimmt den Weg nach Hause angetreten, weil der Krieg einfach zu doof sei.

Dann kam jener denkwürdige 20. Juli 1944. Hitler hatte, wie er verkünden ließ, ein Attentat, das ihm galt, dank der großen Vorsehung mit nur leichten Verletzungen überlebt. Alle Verantwortlichen für diesen feigen, wie man es nannte, Anschlag wurden schnell ermittelt und ebenso schnell hingerichtet. In der Bevölkerung herrschte heftige Empörung über den radikalen Vergeltungsschlag an den Männern, die wir heute alle Helden nennen. Natürlich gab es damals auch andere Meinungen, bei den Nazianhängern, diesen Unverbesserlichen. Aber sie waren dünner gesät als zu Anfang der braunen Zeit, da half selbst Hitlers suggestive Beredsamkeit nichts mehr. Sein Volk hatte mittlerweile ernste Zweifel, vor allem an dem viel propagierten Endsieg.

Außerdem, die Menschen waren ausgeblutet, kriegsmüde, während Hitler und seine Mitkriegshetzer unverzagt weiterhin sich ihr Lügengebäude trotz sichtlicher Einsturzgefahr aufbauten.

Da halfen auch keine noch so überzeugenden Worte einiger Generäle und Kommandeure, die an den Fronten mit dem ihnen anvertrauten Heer den Kopf hinhalten mussten, den Kampf aufzugeben und somit zu retten, was noch zu retten war.

Lapidar erklärte Hitler: »Friedrich der Große hat auch niemals aufgegeben.« Es gab wohl nicht eine Minute des Zweifels bei diesem aufrührerischen, sich selbst maßlos überschätzenden Menschen Hitler an seiner unheilvollen Mission.

Auffallend war, dass mit dem Jahr 1940 immer häufiger zivile Ziele sowohl von uns als auch vom Gegner rücksichtslos bombardiert und in Schutt und Asche gelegt wurden. Es tobte eine totale Entvölkerung, ohne dass Hitler ein Einsehen hatte, dieses Massenmorden zu beenden. Für ihn galt weiterhin das Alles-oder-nichts-Prinzip.

Krieg, zweifellos das größte moralische Übel, bringt auch unweigerlich das größte physische Übel mit sich, den Tod. Mehr als sein Leben hat ein Mensch nicht zu verlieren.

Auch in diesen schweren Zeiten des Krieges gab es so etwas wie den ganz normalen Alltag, den es zu bewältigen galt.

Es war wirklich so, dass wir mit den Dorfbewohnern wie eine große Familie zusammenlebten. Wir teilten Freud und Leid. Trotz aller Widerwärtigkeiten, die der Krieg nun einmal mit sich bringt, wurden Hochzeiten, Kindtaufen und alles, was es so zu feiern gibt, unter großer Anteilnahme gefeiert.

Bestimmt war es durch die Aufrechterhaltung all dieser Dinge überhaupt erst möglich, das Bangen um die eigene Existenz und die der Menschen, die man liebte, auszuhalten.

Am 8. Mai 1945 war der Krieg endlich zu Ende, er war Geschichte, eine hässliche Geschichte.

Es heißt ja, in einem Krieg gibt es im eigentlichen Sinne keine Gewinner und keine Verlierer. Trotzdem wussten die meisten Deutschen aus den Erfahrungen des Ersten Weltkriegs, dass wir, waren wir nun wieder die Verlierer eines Krieges, auch unseren Tribut leisten mussten. Es gab wohl niemanden von uns, der Genugtuung über die Schäden empfand, die wir dem vermeintlichen Feind zugefügt hatten. Leid gab es ohnehin genug in dieser Zeit.

Unser kleines Dörfchen wurde an diesem Tag des Friedens von riesigen Panzerdivisionen durchrollt.

Die Alliierten wurden als die Befreier gefeiert. Das tat die ganze Dorfgemeinschaft kund, durch Winken mit weißen Fähnchen, woher die auch immer ihren Ursprung hatten. Es waren die Amerikaner, die bei uns Einzug hielten und die unser Winken mit frohem Zurückwinken erwiderten. Hände wurden geschüttelt, und für uns Kinder wurden, wie bei einem Faschingsumzug, Süßigkeiten aus den Fahrzeugen geworfen.

An diesem wunderbaren Tag des 8. Mai waren wir schon sehr früh aufgestanden, denn bereits am Vorabend wurde aus dem Radio der Einmarsch der Alliierten verkündet. Da hielt es wohl niemand morgens lange im Bett. Am Schultor hing ein großer Zettel: »Heute keine Schule!« – Wer hätte auch an einem solchen Tag still sitzen gekonnt?

Der Führer sei im Kampf für sein Volk gefallen, so oder so ähnlich erklang die Nachricht durch den Rundfunk, noch ehe wir das Haus verließen. Dass dies nicht der Tatsache entsprach, wie fast alles, was die Nazivergangenheit betraf, das erfuhr das gebeutelte Volk peu à peu.

Die Schmach über diese unheilvolle Zeit saß tief in den Herzen der Deutschen, vom Schmerz ganz zu schweigen.

Doch noch bevor wir zu Tante Maria gingen, um das Ende des Krieges, dieses Glück, mit ihr zu feiern, kletterte unsere mutige Mutter auf den Dachboden des Schulhauses, um die weiße Fahne zu hissen. Das hatte sie dem Lehrerehepaar versprochen, denn die Schule war das größte und höchstgelegene Gebäude des Dorfes. Ein weißes Bettlaken, das wir zerschnitten hatten, flatterte nun lustig an einer sichtbar hohen Stange im Frühlingswind und zeigte unser aller Bereitschaft zum Frieden.

Als wir nun Einblick in die Hauptgasse hatten, staunten wir nicht schlecht über die endlose Kette der Panzerfahrzeuge. Wir konnten nur langsam vorankommen, blieben immer wieder stehen, um wie alle anderen zu winken. Unsere Mutter schaute nur erstaunt, was da alles abging. Wahrscheinlich hat sie sich genau wie ich auch den Einzug der Alliierten gänzlich anders vorgestellt. Ein Amerikaner rief uns zu: »Du Frau auch winken!« Mutter reagierte nicht. Wenige Minuten später flog ihr ein weiches Geschoss an den Kopf und fiel dann zu Boden. Sie bückte sich danach, es war ein duftender, weicher Käse. Amüsiert lachte Mutter und winkte dem fremden Soldaten zu. »Danke, danke!«, rief sie laut, und fröhlich meinte sie zu uns: »Das Nachtessen ist gerettet.«

Plötzlich hörten wir Schüsse, Gewehrschüsse. Sie mussten von deutschen Soldaten kommen, die vielleicht tatsächlich jetzt noch glaubten, kämpfen zu müssen. Die Amerikaner reagierten panisch, denn die Schüsse waren nahe an den Panzern auf unserer Höhe. Die ganze Kolonne stoppte die Fahrt. Wir waren gerade vor dem Haus unserer Tante angekommen und liefen durch das offene große Tor und hinter uns her einige Amerikaner, sie riefen: »Kaller, Kaller!« So klang es jedenfalls. Mutter öffnete rasch die Tür zum Keller, der ein Kartoffel- und Rübenkeller war. Gemeinsam warfen wir uns alle auf die Kartoffeln und Rüben, und ich sah, dass Mutter sich ein gewisses Lächeln nicht verkneifen konnte. Die Schüsse hörten auf, wir rappelten uns alle wieder auf, um den Keller zu verlassen. Jeder sagte etwas, das der andere kaum verstand, aber man war sich einig, die Gefahr schien vorbei zu sein, und ebenso klar, wie der wolkenlose Frühlingshimmel, war die wunderbare Tatsache, dass Frieden war. Die Menschen konnten wieder Vertrauen zueinander fassen.

Dieser Einmarsch der Alliierten wird uns allen, hier in dem kleinen Dörfchen in Mainfranken, in lebhafter Erinnerung bleiben.

Allein das Wort »Frieden« war voller süßer Hoffnungen. Wir alle waren an diesem verheißungsvollen Tag aufgeregt und gespannt auf die Zukunft, die erfahrungsgemäß nach einem verlorenen Krieg nicht gerade rosig ist. Wir wussten ohne Weiteres, dass, waren wir erst wieder in der Heimat, Hunger und Aufbauarbeiten unseren Alltag bestimmen würden. Aber für den Augenblick galt es, glücklich zu sein. Keiner von uns wollte an den baldigen Abschied denken, aber, so erklärten uns unsere Mütter, nur zu Hause läge unsere Zukunft.

Ich hoffte ja auch unverzagt auf die Wiederkehr meines Vaters, vielleicht wartete er bereits schon zu Hause auf uns.

Wir feierten den Friedensbeschluss mit den beiden älteren Schwestern, denen das kleine Bauernhaus gehörte, in dem sich Tante Maria und ihre Kinder so wohlfühlten. Wir durften sie Tante Annemirl und Tante Doris nennen, die beiden, die uns mittlerweile so vertraut waren. Sie waren stets mit der ortsüblichen Kleidung ausgestattet. Weite schwarze Röcke mit großen bunten Schürzen davor. Unter dem Ganzen hätte sich eine große Kinderschar verstecken können. Wenn sie uns herzten und drückten, hatte man das Gefühl, gegen die ganze Welt gewappnet zu sein.

Heute, am Tag des Friedens, tranken selbst wir Kinder von ihrem selbst gemachten Wein. Jedes ein kleines Gläschen. Es schmeckte nach Sonne pur.

Die beiden liebenswerten Frauen hatten ihre ganzen Schätze aus Speisekammer und Keller für uns aufgetischt. Fröhlich und unbekümmert feierten wir den ersten Tag dieses lang ersehnten Friedens so, dass dies durch nichts zu überbieten war. Mutter und Tante Maria sah ich noch nie so unbekümmert. Schon sehr spät am Abend traten wir unseren nicht allzu langen Heimweg an. Wir schliefen so fest und erholsam, bis uns am Morgen das Zwitschern der Vöglein weckte. Die Schule würde heute erst um zehn Uhr beginnen, mit einer Friedensfeier. Es war Mittwoch, der 9. Mai, der erste Tag nach der Kapitulation.

Bald kam die Nachricht, dass wir mit der Rückführung in die Heimat Mitte bis Ende Juni rechnen können. Ein eigenartiges Gefühl der Wehmut kam auf. Nicht nur ich hatte das Gefühl, hier in dem kleinen Dörfchen Püssensheim ein Zuhause gefunden zu haben. All die Tiere zu verlassen, das schien mir unmöglich, und ich hätte am liebsten unsere Mutter gebeten, mich wenigstens noch eine Weile hierzulassen. Sicherlich hätte die Bürgermeisterfamilie Udo, der ja die gleichen Wünsche hatte, und mich aufgenommen. Im Dorf nannte man mich die Gänseliesel, obwohl ich ja mit Entchen unterwegs war. Diese süßen Watscheltierchen an das nahe gelegene Bächlein zu führen und dort auf der Wiese mit ihnen zu sein, das war meine Arbeit, die aber eher ein Vergnügen war.

Kaum war die Schule aus, die Hausarbeit gemacht, schon eilte ich zu der schnatternden Schar mit ihrer besorgten Mutter. Meist war dann auch schon Udo da, der aber handfeste Stallarbeiten leistete. Ihn würde man ganz sicherlich sehr vermissen, besonders wenn die Kühe auf die Weide getrieben wurden oder später dann wieder heimwärts. Das alles machte er, als wäre er als Sohn eines Bauern auf die Welt gekommen, ganz so, als läge es ihm im Blut.

Es blieb uns ja erspart, Jungmädel oder Hitlerjunge zu sein, zu wenige waren wir ja insgesamt im Kreise Prosselsheim. Zeit, die wir gottlob für unser Hobby, ein bäuerliches Leben zu führen, hatten.

Außerdem freute es die ganze Familie diebisch, dass wir Ruths Name nicht änderten, trotz mehrfacher Aufforderungen der Nazis, die dann noch kamen. Ein kleiner Beitrag zum politischen Ungehorsam, aber für uns eine große Freude, ein großartiges Gefühl.

Morgens wachte man nun auf, und der erste Gedanke war: Es ist *Frieden*. Die Schrecken der nächtlichen Fliegeralarme waren vorbei. Das waren ja die meistgehassten Tatsachen dieses Krieges.

Jedoch wusste später ein sommerliches Gewitter, vor allem der damit verbundene Donner, immer wieder die Ängste heraufzubeschwören.

Wie glücklich mussten jetzt besonders die Menschen sein, die nicht nur den nächtlichen Lärm der Bomber, sondern auch ihre vernichtende Fracht erleben mussten und all die damit verbundenen Schrecken, die dramatischen Verluste.

Tante Maria hoffte innig, trotz der schlimmen Nachricht, dass ihr Mann, unser Onkel Hans, an der Ostfront gefallen sei, auf seine Wiederkehr. Sie konnte daher meine verzweifelte Hoffnung, dass unser Vater noch lebt, am besten verstehen. Sicher warteten auf die Rückkehr ihrer Liebsten Millionen Menschen. Was wären wir ohne diese Hoffnung, die wir still im Herzen tragen, damit sie uns niemand zerstört.

Die Zeit, die uns jetzt noch hier in unserem kleinen geliebten Dörfchen blieb, raste uns davon. Der Abschiedsschmerz nagte mir jetzt schon ganz heftig am Herzen. Mit uns würden noch weitere Familien von hier Abschied nehmen müssen. Unter anderem ein älteres Ehepaar, mit dem wir engeren Kontakt hatten. Ihre Kinder, zwei Söhne, deren Schicksal zurzeit ungewiss war, hofften sie in der Heimat, im Saarland, wiederzufinden. Ja, *wiederfinden* – ein Wort, das seit dem Krieg immer wieder auftauchte, als hätte man die Kinder im Wald verloren.

Dann war da auch noch Familie R., das heißt Frau R. mit ihren zwei Söhnen Egon, immerhin schon fünfzehn Jahre, und dem kleinen Georg, er war erst fünf Jahre alt. Ihm wurde bei einem Beschuss der feindlichen Tiefflieger ein Fuß so sehr verletzt, dass er amputiert werden musste. Frau R. haderte mit dem Schicksal, das sie in dieses schreckliche Kriegsgeschehen gebracht hatte, und glaubte, dass sie niemals die Heimat hätte verlassen dürfen. Jeglicher Trost schlug fehl, sie selbst machte sich verantwortlich für dieses schlimme Schicksal ihres Sohnes Georg. Egon machte meiner Schwester Ruth heftig den Hof. Stillschweigend ließ sie die Verehrung über sich ergehen. Ihr ging ja immer noch im Kopf herum, Nonne zu werden. Total romantisch fand ich die erste Liebe. Wie gern hätte ich gehabt, dass Ruth dieser großen Verehrung vonseiten Egons nicht so kühl gegenübergestanden hätte.

Sie wurde zum ersten Mal richtig sauer auf mich, als ich die kühne Frage an sie stellte, ob ich wohl ihre Brautjungfer werden dürfe, wenn es dann doch zur Hochzeit käme.

Egons ganze Familie wollte nach Amerika auswandern, dort lebte nämlich schon seit Jahren der Bruder von Egons Mutter.

Nach einem schlimmen Bombenangriff auf Saarbrücken war das Haus der Familie R. fast völlig zerstört worden, so war es sicher leichtgefallen, die Entscheidung zu einer Auswanderung zu treffen. All diese Pläne schienen Ruth zu verwegen, aber Egon versicherte ihr, dass er zurückkommen würde und ihr bis zu dieser Rückkehr treu bliebe.

Jahre später war es tatsächlich so, doch von Ruth bekam er ein freundliches, aber klares »Nein« auf seinen erneuten Antrag. Ich zerfloss vor lauter Rührung über so viel Treue. Bestimmt stand für diese Absage auch die Tatsache, dass Ruth Franz kennengelernt hatte, der dann auch später ihr Ehemann wurde. Schneller, als man es bei ihr gewohnt war, schien er jedenfalls der Richtige zu sein.

Und dann kam unweigerlich für uns alle der große, schmerzliche Abschied von Püssensheim. Tränen flossen, doch Udo und mir brach beinahe das Herz, als wir von all unseren geliebten Tieren Abschied nehmen mussten. Das war für mich noch schwerer als vor einiger Zeit der Abschied von den Tieren aus dem Marienheim. Auch damals bellte der Hofhund hinter uns her, es war wohl mehr ein Heulen. Als wüsste er ganz genau, dass wir am nächsten Tag nicht wiederkommen würden. Zu ertragen war das diesmal aber auch nur, weil ich fest entschlossen war, nach einiger Zeit wieder zurückzukommen, und sei es nur für eine kurze Zeit.

In der Nacht weinte ich stille Tränen in mein Kissen und dachte, dass nichts im Leben von Dauer ist.

Ruth, Christa und Claus waren ebenfalls traurig, dass es Abschiednehmen hieß, jedoch hatten sie sich nicht so festgebissen in dieses Dorfleben wie Udo und ich.

Morgens in aller Frühe wurden wir am Dorfausgang von einem Bus abgeholt, der uns nach Würzburg zum Hauptbahnhof bringen sollte, mit unseren ganzen Habseligkeiten. Fast das ganze Dorf hatte sich an der Abfahrtstelle eingefunden, um uns Lebewohl zu sagen. Sie übergaben uns Reiseproviant, der uns auch noch in der Heimat erfreute. Wann der Zug nach Saarbrücken kommen würde, das war nicht auszumachen, aber wir hatten ja Zeit, alle Zeit der Welt, wenn man so will.

Auf dem Bahnsteig patrouillierten amerikanische Soldaten. Wir Kinder taten ihnen wohl leid, denn sie boten uns an, dass wir gerne in ihren Betten ausruhen könnten. Nur Christa, Ruth und ich fanden das ganz toll und stimmten freudig diesem Angebot zu. Unwillig gaben unsere Mütter dazu ihr Okay. Die Quartiere waren direkt neben der großen Eingangshalle des Bahnhofs. Mutter begleitete uns. Wir durften uns ein Bett aussuchen und bekamen von dem Soldaten Schokolade und Drinks, schöne bunte Drinks. Unsere Welt war in Ordnung, Mutters Welt offenbar nicht. Sie deckte uns zu wie Kleinkinder, und ihre Bemerkung, ob das alles so richtig sei, verriet ihren Unmut. Christa meinte, als Mutter gegangen war: »Und das sollen unsere Feinde gewesen sein?!«

Ehrlich gesagt, ich war ganz schön müde, da wir ja so zeitig aufgestanden waren. Ein leichter Schlummer bemächtigte sich meiner. Satt von der herrlichen Schokolade – wann gab es jemals so was Gutes? – und von den süßen Drinks, stellte ich fest: Man braucht gar nicht so viel, um eine tiefe Zufriedenheit zu erlangen, zumindest wenn es um die äußeren Lebensumstände geht.

Christa und Ruth schienen eingeschlummert zu sein, ein leichtes Lächeln umspielte ihr Gesicht. Da plötzlich stürzte unsere Mutter Courage in die Idylle und rief: »Raus aus den Betten, und zwar schnell!« Wir wollten wissen, ob der Zug da sei, und als Mutter uns kundtat, dass es nicht so sei, wir aber trotzdem aus den Betten sollten, weigerten wir uns alle drei, dieses gemütliche Dasein aufzugeben. Sie zog uns allen der Reihe nach die Deckbetten runter und vertrieb uns recht energisch aus dem Paradies.

Ich war sauer und fragte Mutter, ob sie dem Frieden nicht traue. Sie antwortete, dass dies mit dem Frieden oder dem Krieg nichts zu tun habe, es würde Gefahren geben in dieser Welt, die sie uns ganz sicher später noch erklären würde.

Jedenfalls, die gute Stimmung war dahin, und die Lust auf die Heimreise war mir außerdem vergangen. Es war doch überhaupt nicht klar, ob wir ein Dach über dem Kopf hätten, ob nicht alles bei uns oder bei Tante Maria in Scherben lag. Ich sagte aber kein Wort, und ich war wirklich dankbar, dass wenig später tatsächlich unser Zug einlief, sodass uns die peinliche Begegnung mit den freundlichen amerikanischen Soldaten erspart blieb. Diesmal war es ein ganz normaler Zug, ein Personenzug, der uns in die Heimat beförderte.

Wir Kinder, insgesamt neun, wir wollten nicht brav im Zugabteil sitzen, lieber draußen im Gang auf dem Boden, das war lustiger. Wir bekamen die Zustimmung aller Erwachsener. Sie gaben uns Decken und Kissen, und wir machten es uns auf dem Boden bequem und tauschten unsere Erfahrungen und Erlebnisse über unsere Zeit in den jeweiligen Dörfern in Mainfranken aus. Alle hatten sich unter den Dorfbewohnern wohlgefühlt, und bestimmt, so glaubten die meisten, und dazu gehörten auch wir, wird man uns auch vermissen. Aber auch unter den Erwachsenen herrschte ein reger Austausch der Erlebnisse in der Fremde, die nun keine Fremde mehr war. Sicher lenkten aber auch die Gespräche von der bangen Frage ab, was uns wohl zu Hause erwarten würde. Schnell wie der Wind waren wir in Saarbrücken angekommen, wo es mal wieder Abschiednehmen hieß, und das von der allerliebsten Tante der Welt. Am liebsten wäre ich mit ihr und ihren Kindern mitgegangen; aber was wäre mit Ruth?, sie konnte ich doch nicht im Stich lassen. Also dachte ich: Auf nach Dillingen, wenn auch mit erheblichem Zweifel, ob ich das wirklich wollte. Dort angekommen, überfiel mich wahrlich kein heimatliches Gefühl. Wir liefen durch den kleinen Park am Bahnhof. Unsere Schritte waren eilig; es dämmerte bereits und Regen zog herauf, die Wolkendecke hing ganz tief. Wir fürchteten ein Gewitter, das uns ereilen könnte, noch ehe wir in unserem nunmehrigen Zuhause angekommen wären.

Einige Häuser am Wegesrand waren unbeschädigt, einige lagen in Trümmern. Ich dachte: Es ist wie bei meinem Strickmuster, eins rechts, eins links, eins fallen lassen. »Komische Vorstellungen hast du«, meinte Mutter, als ich meine Gedanken laut kundgab. Auf den Bürgersteigen türmten sich die Schutthaufen und zogen eine Linie des Schreckens bis nach Hause. Am Dom vorbei, in die Blücherstraße 79 – ein einziger Beweis von Schrecken und dessen sichtbarer Seite, die da Krieg hieß. Immer gespannter wurden wir alle drei, als wir unserem Ziel näher kamen. Man hörte von Weitem schon den Donner, die Kanonen des Himmels. Diesmal erntete Ruth für ihre durchaus lyrischen Vergleiche Mutters Unmut. Wir seien schon seltsame Kinder, meinte sie.

Wir wohnten ja im letzten Haus, direkt am Waldesrand, der sich jetzt ganz düster abhob. Dieser Weg zu unserem Zuhause, er verfolgt mich heute noch im Traum. Ich gehe diesen Weg immer mit angsterfülltem Herzen und weiß, dass ich keinen Haustürschlüssel habe und dass es tiefe Nacht ist und wohl niemand wach sein wird, um mich einzulassen. Als wir am Tag der Rückkehr näher kamen, konnten wir feststellen: Da war noch ein Dach auf dem Haus. Erst als wir auf gleicher Höhe mit dem eher kleinen Häuschen waren, stellten wir fest, dass der Balkon abgerissen im Vorgarten lag. Eine klaffende Wunde zeigte sich zu unserem größten Schrecken, die aussah wie ein großer weinender Mund. Kein gutes Zeichen, dachte ich, sagte aber kein Wort dazu. Dann hörte ich, wie Ruth recht traurig meinte: »Es sieht aus, als ob das Haus weint, armes Haus!« Ja, so empfand ich es auch; Ruth hatte wieder einmal die richtigen Worte für eine makabre Situation getroffen.

Unser Hauseingang ging um die Ecke herum und befand sich fast am Rande des Waldes. Alle drei sputeten wir uns, um rasch in das schützende Innere zu gelangen, denn immer deutlicher näherte sich das Sommergewitter. Familie M. war auch schon aus der Evakuierung zurück, denn die untere Etage, in der sie wohnte, war hell erleuchtet. Nach der ständigen Verdunkelungszeit während des Krieges ein ungewöhnlicher Anblick, der mir jetzt, in diesem besonderen Moment, erst bewusst wurde. Wir würden Familie M. erst am nächsten Tag begrüßen, und das fiel uns dann allen nicht leicht, denn sie mochten uns nicht. Nun waren wir aber wieder da und mussten miteinander auskommen. Aber heute ist heute, und wir waren glücklich, ein Dach über dem Kopf zu haben.

Wir waren todmüde, und so galt unser erster Blick den Betten, die alle drei noch vorhanden waren. Es schien nicht, dass während unserer Abwesenheit geplündert worden war, was leider viele Heimkehrende erleben mussten. Auch Opa Peters Schlafsofa stand in seinem Zimmer, das, weilte er bei einer seiner anderen Töchter, unser aller Wohnzimmer war. Da jedoch unsere Küche so gemütlich eingerichtet war, hielten wir uns alle am liebsten dort auf. Es war ja die originellste Wohnküche, die man sich vorstellen kann. Da hatte Mutter echt einen guten Geschmack entwickelt, nie sah ich desgleichen, egal wo immer ich auch hinkam. Gottlob war auch hier alles heil.

Wir aßen von unseren mitgebrachten Vorräten und fielen, ohne noch groß auszupacken, in die ach so gemütlichen Betten. Letzter Gedanke bei mir waren noch meine Tiere, die ich verlassen hatte. Aber, so sagte unsere Mutter, sie haben ja alle auch bis zur Stunde eures Erscheinens ein gutes Leben gehabt. Das tröstete, und ich würde versuchen, für andere schutzsuchende Tiere da zu sein. Dieser Gedanke ließ mich friedlich einschlafen. Am Morgen ließ uns unsere Mutter so lange schlafen, wie wir wollten. Keine Pflicht rief. Zum Frühstück gab es abermals die guten Mitbringsel der Dorfbewohner von Püssensheim. Wie ein lieber letzter Gruß schien es uns allen. Dann sahen wir bei vollem Tageslicht, wie erschütternd es von der Wohnzimmertür nach draußen aussah. Es ging steil hinab, eine falsche Bewegung und man landete in den Trümmerteilen des ehemaligen Balkons, mitten im

Vorgarten. Es war ein ganz komisches Gefühl, selbst vom schützenden Schlafzimmerfenster aus, in die Tiefe auf den Trümmerhaufen zu blicken. Mutter sperrte das Wohnzimmer, das ja eigentlich Großvater Peters Zimmer war, wenn er bei uns für einige Monate weilte, ab und versteckte vor uns den Schüssel, damit wir ja nicht, etwa durch Unachtsamkeit, in Gefahr kämen. Hier kam wieder die Gluckenmutter zum Vorschein, deren übermäßige Sorge um uns mich warm umhüllte und so ganz im Gegensatz zu der strafenden Mutter stand.

Im Laufe des nächsten Tages begrüßten wir lustlos unsere Vermieter: Vater, Mutter und ein Sohn. Sie erzählten uns, dass es noch etwas dauern könne, bis der Balkon wieder an seiner Stelle sei. Dann zeigten sie uns ein ungewöhnliches Bild, aus der Tageszeitung ausgeschnitten. Eine Kuh war darauf zu sehen, die auf unserem Balkon stand, Panik war in ihren großen Augen zu erkennen. Ein zweites Bild zeigte die Kuh, auf den Trümmern liegend, im Vorgarten, wie schlafend sah sie nun aus. »Sie ist sicherlich mit dem gesamten Balkon von Frontsoldaten abgeschossen worden«, kommentierte Herr M. Es tat weh, diese Bilder aus noch gar nicht so lange vergangenen Zeiten anzusehen und sich das Martyrium des Tieres vorzustellen, das nicht wie der Mensch seine Erklärung über das Warum geben konnte und einfach nur in die Schrecknisse des Krieges in diesen Fall hineingeriet.

Die ganzen Gräuel des Krieges wurden einem ja täglich vor Augen geführt. Auch wenn jetzt Friede war, so würde es noch lange, lange dauern, bis alles an einen wirklichen Frieden denken ließ.

Der Hunger war die schlimmste Folge der unseligen Zeiten. Er bohrte sich schmerzlich in die Eingeweide und ließ uns oft nachts keine Ruhe finden. Auf die Lebensmittelkarten gab es wirklich nur das Allerallernötigste. Da konnte man nicht satt werden. Wir fanden im Keller einen zurückgelassenen Sack mit einer eisernen Ration, wie man das nannte. Hartgebäck, auf dem man herumbeißen konnte und so etwas Ruhe fand vor dem fordernden Hungergefühl. Wir teilten es mit der Familie M. und auch mit einigen Nachbarn. Ich glaube, dieses

Hartgebäck würde über Hunderte von Jahren sich haltbar erweisen, und ich fand, es hatte einen herzhaften Geschmack, wenn sich dann endlich etwas aufweichen ließ, durch Kaffee oder Milch oder, ganz einfach, wenn man es wie Eis lutschte. Alle waren froh darüber, dass die Soldaten uns dieses Geschenk gemacht hatten, ehe sie den Rückzug antraten oder aber in Gefangenschaft kamen.

Wir konnten uns sehr gut an alles erinnern, was hier vor unserer Haustür tobte, noch ehe wir die zweite Evakuierung erlebten. Blutüberströmte Soldaten, die nicht immer unsere Soldaten waren, stürzten schreiend aus den Schützengräben am Waldesrand und suchten verzweifelt Hilfe. Ein großes Lazarett stand auf dem freien Platz, bevor die nächste Straße ihren Anfang nahm, genau dort, wo ansonsten der Kirmesplatz war. So etwas lässt sich nie vergessen. Ist es tatsächlich möglich, dass man dem Krieg, mit all seinen Grausamkeiten, eine gewisse Berechtigung einräumt und Dinge erlebt, für die man eine neue Sprache erfinden muss, und der dann in der Erinnerung vollkommen utopisch erscheint?

Uns nannte man damals »die Kriegskinder«.

Eigentlich sind es ja immer nur die Kriege der Staaten, und das Volk, der einzelne Mensch, ist ohne jede Beziehung zu ihm. Jedoch das hilft ihm nicht, an ihm zu leiden oder gar zugrunde zu gehen.

Dann war es so weit, die Schule rief, und wir folgten ihrem Ruf. Kein Altmaterial war mehr mitzuschleppen und kein Fliegeralarm mehr auszuhalten. Aber der Hunger war da und verlangte gestillt zu werden. Selbst in der Schule begann nun der Tauschhandel, Lebensmittel gegen Dinge, die man oft nur ungern hergab. Die Lehrer ließen uns gewähren, stellten sich taub und blind, und wir betrieben unseren Schwarzhandel, wie man das damals nannte, im kleinen Stil. Richtig los ging es meist an den Wochenenden, mit Mutter zusammen über Land auf Betteltour. Für ein halbwüchsiges Kind war das ein Zustand der Demütigung. Jedenfalls empfanden Ruth und ich das so. Da Ruth immer weinte, wenn es so weit war, erließen wir ihr meistens diese

Strapazen. Natürlich waren diese Hamstertouren verboten, aber niemand hielt sich daran.

Wir suchten ständig in unserem Haushalt herum, was sich alles noch versetzen ließ. Manches fiel uns schon recht schwer herzugeben. Aber das musste dann doch daran glauben, denn Hunger schieben, das tat weh. Ließen uns während des Krieges die feindlichen Bomber nicht durchschlafen, war es nun der quälende Hunger.

Gottlob hatten wir meist Glück auf unseren Hamstertouren, die sehr anstrengend und auch stets von der Angst begleitet waren, die Ordnungshüter könnten uns erwischen. Dann wären wir unsere kostbaren Dinge, die ja für uns lebenserhaltend waren, los und auch unsere Tauschartikel; außerdem bekam man noch eine Strafe obendrein. Wir hatten satt zu werden mit den Lebensmitteln, die uns per Karte jeden Monat zustanden. Aber das reichte gerade mal aus, den Hunger zu necken, wie Ruth mal wieder schlauerweise erkannte.

Der so heiß ersehnte Friede hatte also auch seine Schwierigkeiten. Mutter nannte das die Ausläufer des Krieges, wie nach einem Vulkanausbruch, so erklärte sie uns das. Sie hatte ja schließlich schon ihre Erfahrungen aus dem Ersten Weltkrieg, damals war sie bei Ausbruch dieses ebenfalls für uns Deutsche verlorenen Krieges gerade mal knapp neun Jahre alt. Hunger kannte sie, denn schließlich galt es, in ihrer Familie neun Mäuler zu stopfen, wie der Volksmund so bildhaft sagt.

Die Not schweißt zusammen, sagt man aber auch, und das konnten wir nicht nur während des Krieges sagen. Auch jetzt, da wir die Dörfer unserer Heimat aufsuchten und um irgendwas Essbares baten, erlebten wir meist freundliche Landwirte.

Nur einmal hatten wir auf unserer Hamstertour richtiges Pech. Wir erlebten eine wirklich schlimme Schlappe, ich nannte es ein Verbrechen. Ganz früh am Morgen zogen wir an diesem Unglückstag von zu Hause los. Ich trennte mich nur ungern von meinen seidenen Strümpfen und Mutter sich sicherlich ebenso ungern von ihrem schönen Silberbesteck, das Hochzeitsgeschenk ihrer Eltern, also Dinge aus glücklichen Tagen.

Mutter war sicher traurig, dass sie sich nunmehr von diesem bestimmt für sie wertvollen Besteck trennten musste. Der Hunger ist eben doch stärker als alle sentimentalen Erinnerungen. Auch ich musste Abschied nehmen von meinen heiß begehrten blickdichten Seidenstrümpfen. Wir bekamen für unsere Schätze Kartoffeln, Äpfel, Butter und Eier – ein Reichtum, der zwar bald zu Ende sein würde, uns aber im Moment das Wichtigste überhaupt war. Guten Mutes machten wir uns auf den Heimweg. Ruth, die krank zu Hause lag, würde sich bestimmt über all die herrlichen Kostbarkeiten freuen, und Mutter erzählte voller Stolz, was für gute Gerichte sie davon zaubern würde.

Ein Mann mit einem Leiterwagen überholte uns, er grüßte freundlich und fragte im Vorübergehen, ob wir unsere Sachen wohl auf seinen Leiterwagen legen möchten. Wir waren müde und dankbar für sein Angebot. Er wolle auch zum Bahnhof nach Beckingen, erklärte uns der hilfsbereite Mann.

Der fremde Mann ging von Anfang an sehr, sehr schnell; wir mussten uns anstrengen, ja ganz schön eilen, um Schritt halten zu können. Es wurde von der Dämmerung aus schnell finster, und der Mann war mitsamt Leiterwagen nicht mehr zu sehen. Er verschwand in der Dunkelheit, als hätte es ihn nie gegeben. Es dauerte eine ganze Weile, bis wir begriffen, dass der Kerl uns reingelegt hatte. Der Schmerz war groß, Mutter weinte heftig. Es war das erste Mal, dass ich das erlebte. Ich hielt sie ganz fest bei der Hand und wollte sie einfach nur trösten, so überwältigt war ich von ihren Tränen. Wir gaben das Herumsuchen auf, es war passiert. Dass sich ein Mensch scheinbar nicht schämte, auf Kosten anderer sich einen Vorteil zu verschaffen! Er hätte ja auf jeden Fall von unseren Habseligkeiten etwas abbekommen, das wären wir ihm auch schuldig gewesen, aber nein, er zog es vor, uns alles abzunehmen, auch unser Vertrauen.

Mutter weinte sicher Tränen vieler Jahre, vieler Enttäuschungen. Wir hatten uns ja auch nie gewagt, sie zu fragen, was mit Paul war, dem netten Mann, mit dem sie uns aus dem Kinderheim befreien kam.

Und sicher war sie auch nicht ohne Schmerz, wenn es um unseren Vater ging.

Ruth tröstete unsere Mutter über die unglückliche Hamstertour hinweg mit ihrer ganz eigenen Art, sodass man gar nicht mehr anders konnte, als alles nicht so schlimm zu sehen. Mutter fand ihre Fassung wieder, schließlich gehörte sie ja auch gottlob zu den Menschen, die sich mit Verlusten abfanden und immer wieder Mut fassten.

Am nächsten Wochenende brachen wir alle auf, in entgegengesetzter Richtung, nämlich Richtung Saarlouis. Ruth war, wie sie unserer Mutter versprach, diesmal auch dabei. Das Dörfchen hieß Liesdorf, hier hatten wir wenig Erfolg. Die Bauern dort waren freundlich, aber sie gaben uns nur Salat aus ihrem Garten. Immerhin, auch das war schließlich in dieser Notzeit etwas sehr Wertvolles. Dann ging es weiter Richtung »Neue Welt«, ein verheißungsvoller Name. Die Leute hier hatten keinerlei Landwirtschaft, aber große Gärten für den Eigenbedarf. Überall war man freundlich zu uns, und wir hatten besonderes Glück im letzten Haus am Ortsausgang links. Nach unserem Klingeln an der Haustür öffnete uns eine junge Frau. Sie hatte dunkle Haare und war hübsch anzusehen. Hinter ihrem Rock versteckten sich zwei Jungs, so in unserem Alter. Sie schauten neugierig, aber auch ein wenig geringschätzig zu uns, was mich natürlich sehr verlegen machte. Aber auch Ruth schien sich nicht so wohlzufühlen, sie trat von einem Fuß auf den andern, am liebsten hätten wir beide eigentlich die Flucht ergriffen. Mutter sagte ihr Sprüchlein auf, die junge Frau an der offenen Haustür meinte freundlich, sie würde uns etwas zurechtmachen. Sie wollte aber nichts von der angebotenen Ware, sie habe keine Verwendung dafür. Dann verschwand sie mit ihren zwei Buben, um wenig später allein wiederaufzutauchen, mit einer großen Tüte voll essbarem Gut, ein wahres Vermögen für uns.

Zehn Jahre später sollte ich den ältesten Sohn aus diesem Hause heiraten, so wollte es jedenfalls das Schicksal, das uns anlässlich einer Schulabschlussfeier zusammenführte, die gleichsam für Saarlouis und

Dillingen stattfand. Aber wirklich kam mir dieser sonderliche Zufall erst zu Bewusstsein, als er mich das erste Mal mit nach Hause zu seinen Eltern und den beiden Brüdern nahm. Drei Söhne, da war meine Mutter sehr begeistert, sie, die ausgesprochen große Bubenmutter. Hier fand sie Gefallen an dieser häuslichen Situation. Aber weder sie noch Ruth erkannten offenbar das Haus unserer einstigen Hamstertour wieder. Oder es erging beiden wie mir, ich schwieg es einfach tot, da ich nach all den Jahren es immer noch peinlich fand.

Mein zukünftiger Schweigervater hatte durch ein Augenleiden sich nicht für Führer, Volk und Vaterland opfern müssen. Er überlebte den schrecklichen Krieg als Luftschutzwart. Eigentlich sprach auch jetzt keiner über diese schlimmen Zeiten, die wir erlitten, nur weil machtbesessene politische Verbrecher uns beherrschten, so wie wir schon damals dazu schwiegen.

Die Menschen waren damit beschäftigt, ihr Leben, das durch den Krieg aus den Fugen geraten war, wieder in den Griff zu bekommen. Es war offensichtlich egal, es war auch schlichtweg unnütz, über die Übeltäter, die Kriegsverbrecher nachzudenken. Sie hatten sich entweder selbst gerichtet oder wurden von den Siegermächten zur Verantwortung gezogen.

Der einfache Bürger, wann konnte er schon je zur Weltgeschichte beitragen!

Unserer Kindheit jedenfalls wurde, wie gesagt, zeitiger als normal ein Ende gesetzt. Wir halfen Trümmer beseitigen, so wie wir im Krieg tüchtig Altmaterial gesammelt hatten. Und auch für das tägliche Überleben zu sorgen, das war uns ja schon ohnehin zur zweiten Natur geworden.

Anfang 1946 zog auch Opa Peter wieder bei uns ein. Der Balkon, auf dem er so gerne Ausschau nach dem Leben draußen hielt, war noch nicht wieder angebracht. An seiner Stelle klaffte noch immer die tiefe Wunde, die der Krieg gerissen hatte. Opa meinte, in einem einzigen Augenblick geht in einem Krieg mehr zu Schutt und Asche, als man in Jahren aufbauen kann. Es würde historisch wertvolle Gebäude in Deutschland geben, die wohl niemals mehr wiederhergestellt werden könnten.

Die Balkontür müsse nur weiterhin fest verschlossen sein, damit niemand das Schicksal der Kuh erleide.

Unser Familienleben verlief zwar eintönig, aber sehr geordnet. Außer Mutters strengen Anweisungen, die vor allem ich zu befolgen hatte, denn sonst gab's Prügel, konnte ich sagen, es war ein Zuhause. Ich wusste es zu schätzen, im Leben einen festen Platz zu haben und nicht in einem Heim auf Abruf leben zu müssen. Ein Mix aus allem wäre bestimmt nicht schlecht gewesen – die allzeit liebevolle Art von Schwester Afra um sich zu wissen, die Kameradschaft der anderen Heimkinder und, nicht zu vergessen, den Reichtum der vielen Tiere zu haben. Satt wurden wir auch, wenn es auch ein tägliches Einerlei war. Hauptsache, keinen Hunger zu schieben. Oder aber das Leben in Püssensheim genießen und doch zu Hause sein. Das Leben will es aber offenbar anders, Wünsche bleiben meist auch Wünsche.

Frau M. hatte uns strengstens verboten, Tiere zu halten. Wie froh war ich daher, als Mutter mir erlaubte, ein Häschen, besser gesagt ein Kaninchen, zu halten. Wir bekamen es von Leuten, die ins Ausland gingen. Ich gab ihm den Namen Hansi, und mein Glück war seit dieser Stunde, da es in mein Leben kam, einfach vollkommen. Das war doch schließlich und endlich die Erfüllung meiner Wünsche, die sich jetzt alle auf meinen Kleinen einten.

Über Tag lief er durch die ganze Wohnung, zum Schlafen ging er brav in sein Ställchen. Fast völlig leise, so verbrachte er sein Dasein. Frau M. würde ihn nie bemerken. Er konnte sein frohes Dasein genießen, denn er wurde von uns allen geliebt. Was ich nicht ahnte, von Großvater Peter aber auf eine besondere Weise. Er nämlich, wie ich später dahinterkam, hatte ihn zum Fressen gern, das tat er uns kund, nachdem mein kleines Häschen schon ganz ansehnlich geworden war. Unerschrocken teilte ich ihm mit, dass ich ihn dann auch schlachten würde. Er war entsetzt über meine Wortwahl. Er meinte zu unserer Mutter: »Dieses Kind ist vollkommen verrückt, wir leiden Hunger, und dieses Kind weigert sich, den Hasen seinem eigentlichen Zweck zuzuführen.«

Mutter und Ruth hielten fest zu mir. »Hansi wird niemals verspeist, basta!«

Hansi durfte weiterhin sein friedliches, schönes Leben bei uns verbringen. Großvater zog vorzeitig zu einer seiner anderen Töchter. Das war bestimmt auch besser, denn es herrschte seit seiner Androhung, Hansi zu schlachten, keine gute Stimmung mehr. Opa argumentierte noch, ehe er ging, hätten wir erst einmal den Hunger verspürt, den er sieben Jahre in Sibirien aushalten musste, würden auch wir es für richtig halten, einen Hasen zu essen und nicht den Launen eines Kindes zu folgen. Mutter meinte zu ihm, er könne das doch nicht vergleichen, man esse ja nicht seine eigenen Kinder auf, und sei der Hunger noch so groß. So müsse er das sehen, und außerdem habe er sicher recht, unser Hunger sei nicht mit seinem Hunger als Kriegsgefangener über sieben Jahre hin zu vergleichen.

Großvater zeigte sich wieder versöhnt, denn immerhin zeigte seine Tochter auch Interesse für seine schlimme Lage in Russland. Ansonsten wehrten seine Töchter allesamt immer ab, wenn er von den schlimmen Jahren in Gefangenschaft reden wollte. Trotzdem verließ er uns, und ich wusste nun, er würde niemals mehr Hansi ans Leben gehen.

Gerührt dachte ich über eine Geschichte nach, die er uns Kindern erzählte, denn wir brannten darauf, seine Russlanderlebnisse zu hören, im Gegensatz zu seinen Töchtern. Im Vorratsraum des Gefangenenlagers wurde eingebrochen und Lebensmittel wurden entwendet. Es hieß nunmehr antreten, und der oder die Schuldigen sollten sich melden. Nichts geschah. Da ordnete der russische Kommandant an, dass zehn Leute als Abschreckung erschossen werden sollten. Diese willkürliche Auswahl traf unter anderem auch Großvater. Man machte den Anfang mit ihm. Mutig zog dieser aus seiner Jackentasche sein Familienfoto. Darauf war er mit Großmutter und ihren acht kleinen Kindern zu sehen. Der russische Kommandant betrachtete das Foto eingehend und stellte seinen Strafbefehl ein. Für alle wohl ein wahres Wunder, sie bekamen ihr Leben sozusagen neu geschenkt, wenn auch weiterhin unter sagenhaft schlechten Bedingungen. Wir Kinder sahen das natürlich auch als ein großes Wunder an. Wir beide konnten gar nicht genug von den Geschichten aus Sibirien hören.

Mutter verließ dann meistens das Zimmer, wenn Opa sich in seiner Russlandzeit erging. »Er lebt ja nur in der Vergangenheit, euer Opa, wer will das schon ewig hören?« – »Na wir!«, konterten Ruth und ich und verstanden nicht, dass unsere Mutter so dachte. Wir brauchten keine Märchenbücher mehr, wir fanden, was uns Opa zu erzählen hatte, das war die spannende Wirklichkeit. Warum es immer wieder Kriege geben wird und nie auf der Welt durchgehend Frieden herrscht, das meinte uns Opa durch einen Spruch von Franz Kafka zu erklären: »Die Menschheit ist verurteilt, noch bevor sie Schuld auf sich lud, verurteilt, allein durch ihr *Menschsein*.«

Ja, wir waren nun wirklich keine Kinder mehr, denn unser Großvater sprach mit uns so ernsthaft wie mit seinen Skatbrüdern, die jeden Samstag, wenn er da war, auftauchten. Wir spielten auch schon lange nicht mehr auf der Straße oder im Wald unsere selbst erdachten Spiele; damit wurden auch die Gefahren, die dort lauerten, gestoppt.

Ich glaubte, unsere Mutter ließe uns gar nicht mehr zum Spielen vor die Tür, wenn sie um all die Gefahren wüsste, die vor allem im Wald auf uns lauerten. Noch hatte der Krieg seine Schrecken durchaus nicht verloren, ließ uns Kinder aber selbst unter Lebensgefahr leichtsinnigerweise an Abenteuer denken. Von all den herumliegenden Handgranaten, Tellerminen und ausgedienten Waffen ging eine gewisse Faszination aus, eigentlich wider alle Abscheu, die wir ja während des Krieges gegen diese todbringenden Sachen hatten. Vielleicht war es aber auch nur kindliche Neugier, etwas kennenzulernen, was uns einst entsetzt hatte.

Einmal auf unseren nicht ganz ungefährlichen Streifzügen durch den Wald fanden wir im Gebüsch einen menschlichen Fuß. Waldi, der kleine Hund unseres Nachbarn, der uns oft begleitete, hatte ihn erschnuppert. Wir waren entsetzt, wussten wir doch, dass ganz in der Nähe dieser Fundstelle der Bruder einer Klassenkameradin auf eine Mine getreten war und einen schrecklichen Tod fand. Wir meldeten unseren traurigen Fund der Polizei. Das nahm Walter auf sich, er war der Älteste von uns, und er zog zuerst seinen Vater zurate.

Wunden wurden wieder in der Familie des Verunglückten aufgerissen.

Wir konnten eine lange Zeit nicht mehr im Wald unsere fast täglichen Streifzüge unternehmen, zu tief saß dieses schlimme Erlebnis in unserem Bewusstsein. Auch Träume schüttelten uns des Nachts wach, und so recht gefiel es uns dann auch später nicht mehr, Räuber und Gendarm zu spielen.

Dieser verdammte Krieg, er scheint sich zur unendlichen Geschichte auszudehnen!

Fast scheint es schon gesetzlich geschützt zu sein, über ihn zu lamentieren. Wenn das aber allerdings helfen kann, den Krieg dann auf immerdar zu verbannen, dann können wir gar nicht genug lamentieren. Sollte aber tatsächlich die perfide Dummheit der Menschen ein Auslöser des Krieges sein, dann haben wir schlechte Chancen. Es gibt die pazifistische Gedichtszeile, die da sagt: »Stell dir vor, es ist Krieg, und keiner geht hin«, reizt es, darüber nachzudenken.

Ruth musste langsam an ihre Berufsausbildung denken. Sie war ja schon einmal, direkt nach der ersten Evakuierung, auserkoren, die Kunstakademie in Trier zu besuchen. Sie hat großes Talent zum Malen und Gestalten von Kunstwerken aus den unterschiedlichsten Materialien. Die ganze Familie, also Mutter, Großvater und ich, begleiteten sie damals zum Bahnhof in Dillingen, und viele gute Ratschläge musste sie sich anhören. Sie musste ihr ganzes Bettzeug mitbringen, sodass sie aussah wie ein richtiger Clochard auf Weltreise. Wir hatten in Wirklichkeit Angst um sie, auch wenn es beim Abschied heiter zuging. In diesen wirren Zeiten wusste man ja nie, ob man sich wiedersehen würde. Aber über solche Bedenken schwieg man tunlichst. Als der Zug mit großer Verspätung endlich kam, kletterte Ruth vergnügt hinein, Großvater trug ihr galant die Sachen an ihren Sitzplatz, und wir winkten ihr nach, bis nichts mehr vom Zug zu sehen war. Ich denke, dass es ihr noch schwerer ums Herz war als uns Zurückgebliebenen. Drei Wochen später stand sie wieder mit Sack und Pack vor der Tür, die Akademie war ausgebombt worden, einige Schüler kamen dabei sogar ums Leben. Wie waren wir alle dankbar, dass Ruth nichts Schlimmes zugestoßen war! Ihr Traum, Lehrerin für angewandte Kunst zu werden, war zwar ausgeträumt, aber ihr Leben blieb verschont, nichts sonst zählte.

Im zweiten Anlauf zur beruflichen Ausbildung war nun bei Gebrüder Sinn in Saarbrücken eine Lehrstelle als Modistin vorgesehen. Hierzu sollte sie dann ganz bei Opa Gustav und seiner zweiten Frau, Oma Johanna, leben. Das war eine gute Lösung, und Ruth freute sich über die neue Möglichkeit, doch endlich voranzukommen. Sie war ohnehin ein zufriedenes Mädchen, für das es niemals Zweifel zu geben schien, dass das Leben ein herrliches Gottesgeschenk ist. Es war doch klar, dass Mutter sie sehr vermissen würde, sie, unseren Sonnenschein, wie wir alle fanden.

Ich beneidete meine Schwester um die Zeit bei Großvater Gustav, da er ja, der Vater unseres Vaters, mir besonders nahestand, auch wenn ich seit der Zeit, da er uns anlässlich unserer Erstkommunion im Kinderheim aufsuchte, keine weitere Verbindung mit ihm hatte, zumindest keine direkte, denn unsere Mutter mied alles, was sie an ihre gescheiterte Ehe erinnerte. So blieb es meist nur bei ein paar Grüßen auf einer Postkarte, oder es kam ein Brief, den Ruth und ich aber auch immer blitzschnell beantworteten. Ich hatte vor, jeden Pfennig zu sparen, um das Geld für eine Fahrt nach Saarbrücken zusammenzubekommen. Dann würde ich auch unsere neue Großmutter kennenlernen, eine Holländerin.

Es blieb weiterhin spannend, das mit der Familienbekanntschaft.

Schließlich und endlich musste ich mich auch allmählich um eine Berufsausbildung kümmern, denn Mutter hatte kein Geld für weiterführende Schulen. So entschloss ich mich, im Krankenhaus unseres Heimatstädtchens einen Laborabschluss zu bewerkstelligen. Aber nein, dort war es leider nicht möglich, sodass ich mich schließlich entschloss, diese Ausbildung wenn möglich im Merziger Krankenhaus zu absolvieren. Dann aber sollte ich ganz bei meiner Patin, Tante Anna, und ihrem Mann, unserem Onkel Bruno, wohnen. In beiden Fällen, bei Ruth so gut wie bei mir, musste unsere Mutter über ihren Schatten springen und sich mit der Familie ihres Mannes arrangieren. Was sie uns zum Wohle tat, und ich würde also auch, falls das Krankenhaus meiner Ausbildung zustimmte, wieder einmal mein Zuhause verlassen müssen. Aber Ruth tat es heiter, warum nicht auch ich?!

Es kam eine Zusage vom Krankenhaus Merzig, und ich freute mich über meine Berufsaussichten. Der Wermutstropfen war allerdings, dass ich eine gewisse Scheu empfand, dachte ich an die Zeit, die mir nun im Haus meiner Tante bevorstand. Nur allzu deutlich war mir der Brotbetteltag mit der furchtbaren Nachricht über unseren Vater in Erinnerung. Nein, die Zeit hatte für mich keine heilende Wirkung. Ich nahm mir aber trotzdem vor, da sie ja, wie ich wusste, so sehr an ihrem Bruder hing und auch unser Vater seine Schwester über alles liebte, sie in mein Herz zu schließen.

Sie glich auch sehr unserem Vater, und sie hatte so manche Bewegungen, die mich an ihn erinnerten. Wie zum Beispiel: Wenn sie sich ihrer Antwort nicht ganz sicher war, rieb sie sich mit dem Zeigefinger der rechten Hand den rechten Nasenflügel. Dabei zog sie auffallend ähnlich wie Vater, wie man feststellen konnte, die Stirn in Falten.

Das südländische Aussehen sowohl unseres Vaters als auch Tante Annas stammte von der mütterlichen Seite. Leider war unsere Großmutter väterlicherseits nur allzu früh an Herzversagen gestorben.

Opa Gustav hätte der leibliche Vater von meiner Schwester Ruth sein können. Ganz nach Hitlers Wunschprogramm, blond und blauäugig, das sollte mir wohl nicht mehr aus dem Kopf gehen. Sobald ich blonde Menschen sah, beherrschte mich auch der Gedanke an die Vorgabe der arischen Rasse. Teilweise geht mir das noch heute so.

Jetzt, so allein mit Mutter und Opa Peter, war das Leben eigentlich recht freudlos. Aber ich war, wie man so schön sagt, »im Schoße der Familie« – immerhin, auch wenn sich in der Wirklichkeit das nie ereignet hat, nur einmal auf dem Schoß unserer Mutter Trost zu finden, nach schmerzvollen Erfahrungen, ganz so, wie es in dem Kinderlied heißt: »Wenn's Kindchen einmal Weh, Weh hat, dann geht es zur Mama, die Mama nimmt es auf den Schoß, alles wird wunderbar. Wenn's Kindchen wieder lachen tut, dann singen wir ein Lied, damit dem Kindchen niemals nie was Schlimmes mehr passiert. Heile, heile Gänschen, es wird ja wieder gut«, und so weiter. Unvorstellbar schön muss das für Kinder sein, so einen Trost zu genießen.

Nach einer gewissen Weile zog Großvater Peter, wenn er denn bei uns weilte, so ganz allmählich auch mich, fast wie seine Skatbrüder, immer öfter in ein vertrauliches Gespräch. Seine Töchter, das hatte ich ja schon lange raus, interessierten sich keinesfalls für seine Geschichten aus dem Ersten Weltkrieg. Das scheint ein Generationsproblem überhaupt zu sein. Erst die Enkel, wie wir jetzt, sind wissbegierig, und wir freuen uns ernsthaft, über das Schicksal unserer Großväter etwas zu erfahren. Darum dauerte es auch sicherlich fast sechzig Jahre, bis wir offen, also durch die zweite Generation, dem Zweiten Weltkrieg die nötige Aufklärung angedeihen ließen und gottlob immer noch lassen.

Ich war ja noch ein Kind, als der Krieg zu Ende war, und trotzdem muss ich noch oft genug von meinen Kindern hören: »Ihr Nazianhänger!« Mich beschleicht von daher auch der Vorwurf, den ich mir selbst mache, dass ich es nur bei der Idee beließ, Hitler mit einem vergifteten Kuchen zu töten.

Wenn ich mich so hochinteressiert mit Opa über die Kriege und ihre Folgen unterhielt, hatte Mutter nur ein heftiges Kopfschütteln übrig. War sie außer Reichweite, befragte ich Opa Peter auch über unseren Vater. Wie war ich glücklich, wenn er bestätigte, dass er ein großartiger Mensch gewesen sei. Er nannte ihn sogar einen Helden, der auch den Heldentod gestorben sei, denn unter den unmenschlichen Bedingungen in den Konzentrationslagern der Nazis gefangen zu sein, das war ein Dahinvegetieren auf qualvollste Weise, immer mit dem Tod Auge in Auge. Das war hart für mich zu hören, aber ich glaube, man kann die Vergangenheit nur bewältigen, wenn man die genauen Tatsachen kennt und nicht nur eine Gedankenwelt voller Vermutungen mit sich herumschleppt. Immer wieder erklärte Großvater mir, dass politischer Ungehorsam im Hitlerreich ein absolutes Todesurteil war. Unser Vater weigerte sich, in die NSDAP einzutreten, und er half jüdischen Menschen, wo immer er konnte, ihr Schicksal zu erleichtern, die seit der Machtergreifung praktisch rechtlos waren. Und all das passierte inmitten unserer zivilisierten Gesellschaft.

Dass Großvater mit mir wie mit einer Erwachsenen sprach, machte mich besonders stolz. Damals aber, trotz all dieser Gewissheit, dass unser Vater ein Opfer unter Tausenden dieses verfluchten Dritten Reiches war, blieb noch, wenn auch nur ein winziger Rest von Hoffnung, dass er alles überstanden haben könnte und zu uns zurückkehren würde. Natürlich teilte ich mich niemandem mit.

Bei Großvaters Erzählungen blieb aber auch nicht aus, dass er mir erklärte, dass Vater sein Studentenleben nie ganz richtig abgelegt habe. »Er sorgte nicht mehr recht für euch, trank zu viel, was immer auch der Grund dafür war. Es schmälert seine Verdienste, die er mit dem Widerstand gegen das Naziregime gezeigt hatte, niemals. Die positive Lebenseinstellung, die er gegen alle Widrigkeiten des Lebens zeigte, die«, so erklärte Großvater zu meiner größten Freude weiterhin, »die scheint er dir vererbt zu haben. Sei glücklich darüber, ihr Kinder werdet eine bessere Zukunft haben, als wir sie hatten, so die Nation aus den vergangenen schlimmen politischen Fehlern gelernt hat.« Ja, Großvater sprach weiß Gott mit großem Pathos, wenn es um Politik ging.

Wir Saarländer waren nach dem Krieg Frankreich zugefallen. Protest regte sich da erst mal nicht. Man war schließlich auf der Verliererseite und froh, überhaupt wieder ein Zipfelchen von dem ganz normalen Leben zu spüren. Außerdem galt es, die Trümmer der jeweiligen Heimat wegzuschaffen, deren Anblick ebenso schwer zu ertragen war wie die Arbeit. Die meisten Männer waren entweder noch in Kriegsgefangenschaft, wie man das immer noch nannte, obwohl gar kein Krieg mehr war, oder sie waren Opfer dieses Krieges oder Krüppel an Leib und Seele. Was blieb da anderes übrig, als dass sich die Trümmerfrauen unter unsagbarem Kräfteaufwand, wie Phönix aus der Asche, könnte man fast sagen, gegen das Nachkriegschaos erhoben.

Ihnen, den Trümmerfrauen, sei hiermit zumindest ein gedankliches Denkmal gesetzt.

Bei diesen schweren Aufräumarbeiten trug Mutter immer ein feuerrotes Kopftuch, nach der damaligen Mode recht ansehnlich auf dem Kopf drapiert. So erhielt sie den Namen »Die Frau mit dem roten Kopftuch«. Es schien für sie einfach dazuzugehören, dass die Farbe Rot, rot wie Blut, wie sie sagte, ihr stummer Protest gegen die nachhaltig schmerzliche Vergangenheit war. Unterstützung erfuhren die Frauen von den Großvätern der Nation, die noch unbeschädigt von der Heimatfront waren, darunter auch löblicherweise unser Großvater.

Dann geschah für mich über Nacht ein Wunder der besonderen Art. Mutter fand direkt vor unserer Haustür ein halb verhungertes Kätzchen. Sie brachte den Winzling ohne Bedenken mit in unsere Wohnung, obwohl wir es schwarz auf weiß hatten, dass wir keine Tiere halten durften. Wichtig war, dass sich Clochard, wie wir das Kätzchen nannten, erst einmal satt essen sollte, was es dann auch mit Hingabe machte. Wir hatten tatsächlich Milch, die wir mit Wasser verdünnten, und ein Zipfelchen Wurst, das hastig dann von Clochard verschlungen wurde. Als er ausreichend getrunken und gegessen hatte, unser niedlicher Gast, stieg er, noch ein wenig wacklig, in die kleine Kiste, die mit Zeitungspapier ausgelegt war, und erledigte sein Geschäftchen, als hätte er das immer so gemacht. Dann sprang das kleine, eigentlich verwahrloste Kätzchen auf unser großes Sofa, rollte sich zusammen, um einen langen Schlaf zu halten. Fellpflege musste daher auf später verschoben werden. Ich hatte Clochard bereits so lieb wie einst meinen süßen Hansi, mein Glück war vollkommen.

Niemand von uns sprach auch nur ein Wort darüber, dass wir ja gar kein Kätzchen halten durften. Durch dieses gemeinsame Sich-taub-Stellen war ich meiner Mutter in diesem Moment zutiefst verbunden. Selbst Großvater Peter, der gerade wieder bei uns weilte, war entzückt von unserem neuen Mitbewohner.

Doch dann kam ein dunkler Tag in unser Leben. Das süße Kätzchen geriet auf seltsame Weise in die Hände von Frau M. Sie schäumte vor Wut. Selbst der Himmel verdunkelte sich, als sie ihr Fahrrad schnappte und mitsamt unserem kleinen Kätzchen im Wald verschwand, um es dort auszusetzen. Wie schrecklich erbarmungslos muss man da doch sein, so herzlose Dinge zu tun? Ich war so verzweifelt, dass ich dieser bösen Frau den Tod wünschte, ohne, wie mein katholischer Glaube mich lehrte, deshalb ein schlechtes Gewissen zu haben. Selbst Mutter sah so besorgt aus wie während des ganzen Krieges nicht. Ich weinte und weinte bei dem Gedanken, wie hilflos Clochard jetzt im Wald umherirrte. Mutter versuchte mich zu trösten, dass wir nachher in den Wald gehen würden, um unser Kätzchen zu suchen, und sicher würden wir es auch finden. Wir würden uns ohnehin eine neue Wohnung suchen, denn unsere Freunde, Familie Peuser, die hätten uns schon angeboten, bei ihnen im obersten Stock ihres neuen Hauses zu wohnen. Was wäre ich ohne diese tröstenden Worte gewesen! Ich war Mutter so dankbar dafür, und vergessen waren alle Prügel, die sie mir schon erteilt hatte. Alles hatte nach diesen liebevollen Worten kein Gewicht mehr. Eine gute Fee hatte wohl ihre Hand im Spiel. Dann tatsächlich hatte Clochard durch das heftige Unwetter wieder nach Hause gefunden. Für mich jedenfalls war das ein Wunder. Bei der Rückkehr war das Fahrrad von Frau M., unserer Hausbesitzerin, ziemlich demoliert. Sie zischte meiner Mutter zu, die ihr helfen wollte, schnell aus dem noch immer tobenden Gewitter herauszukommen, um in den schützenden Keller zu gelangen: »Ihre Anna ist mit dem Teufel im Bunde.« Mutter war davon keineswegs betroffen, und niemals mehr kam eine Aufforderung, dass wir das Kätzchen aus der Wohnung nehmen müssten, was wohl für uns die Hauptsache bei allem war.

Ich war jetzt auch mehr zu Hause als sonst, das bewirkte natürlich, auch zur Freude von Mutter, Clochard. Ich übernahm viele der Hausarbeiten, da Mutter ja immer noch eine fleißige Trümmerfrau war, und zwar, ja – die mit dem roten Kopftuch.

Oft genug übernahm ich auch den weiten Weg nach Luisenthal, wo es einen Bäcker gab, der kontinuierlich Brot buk, denn das konnte man nicht gerade um die Ecke herum kaufen, das gab es zu Anfang gar nicht.

Zwei Stationen vor Luisenthal war Ende der Zugfahrt, die Gleise waren noch durch den Krieg auf dieser Strecke zerstört. Hatte man dann auf die Lebensmittelkarte hin sein Brot nach langem Anstehen, hieß es wieder zurück zwei Zugstationen zu Fuß. So war man dann von frühmorgens bis zum Abend unterwegs, und das für ein einziges Brot, heute kaum vorstellbar.

Das alles ließ sich nur samstags, wenn keine Schule war, machen, oder in den Ferien. Mit Ruth zusammen hatte das auch mehr Spaß gemacht, wie überhaupt alles.

Eine schulische Leistung war unter anderem Kartoffelkäfer sammeln. Jene gestreiften Käfer, deren Kleid an Gefangene erinnert. Sie schädigen durch ihre gefräßige Art die Kartoffelpflanze, sodass es Missernten gibt. Irgendwie taten sie mir schrecklich leid, diese von uns in die Dosen gepferchten Käfer, die dann ihrer Vernichtung harrten.

Ich wollte gar nicht weiter darüber nachdenken, wie das stattfinden würde. Gleichzeitig ekelte ich mich aber auch vor ihnen. Jedenfalls hatten sie wohl keinen guten Platz hier in unserer Welt.

Tatsächlich fiel es mir dann doch leichter, den weiten Weg nach Luisenthal anzutreten. Mutter verlangte nie von mir, als Bittstellerin zu Tante Anna zu gehen. Das rechnete ich ihr hoch an. Wir hätten dann zusätzlich und bequemer Brot gehabt.

Schließlich würde ich ja doch bald in der Familie meiner Patin sein, und ich dachte nur ungern an den baldigen Abschied von Clochard. Mutter liebte ihn ja auch, und er würde es weiterhin gut haben. Sooft als möglich würde ich nach Hause kommen. Gottlob gehörte Clochard zu einer Art Tiere, die Menschen in unserer Region nicht auffraßen, selbst in diesen Zeiten nicht oder kaum. So war das Kätzchen vor Opa also sicher. Außerdem hatte er dieses süße Kätzchen richtig ins Herz geschlossen.

Die Zeit flog dahin, als hätte sie einen Beschleuniger eingebaut. Großvater kam und ging wieder zu einer seiner Töchter und wusste immer viel zu erzählen, wenn er wieder bei uns landete. Dann waren auch seine Skatbrüder zur Stelle, und den älteren Männern bei ihrer Unterhaltung zu lauschen, das war für mich sehr interessant. Ich fragte mich, woher sie all ihre Weisheiten hatten. Sie lebten gedanklich jedenfalls noch in der Zeit des Ersten Weltkriegs. Ihr Soldatenleben wurde von ihnen sicherlich auf diese Weise verarbeitet. Immer wieder tauchte auch die Frage auf, wie das alles dem deutschen Volk passieren konnte, ein abermaliger Weltkrieg, nur mit weit schrecklicherem Ausmaß. Adolf Hitler, eine eigentlich unscheinbare Figur, machte Weltgeschichte, wenn auch im schlechtesten Sinne. Woher hatte Hitler nur den Nerv, Dogmen aufzustellen, denen er selbst in keiner Weise entsprach? Wie zum Beispiel die arische Rasse als den zukünftigen Herrenmenschen regelrecht zu züchten.

Er war weder deutsch noch blond oder gar blauäugig, oder ist man vielleicht als genaues Gegenteil privilegierter?

Großvater samt seinen Skatbrüdern hatte dieses Thema auch immer als Tagesordnungspunkt. Wie konnte Hitler zu so einem gewaltigen Machtmenschen werden? Die Voraussetzung brachte ohne Zweifel der Erste Weltkrieg. Orientierungslosigkeit, Arbeitslosigkeit, wirtschaftliche und politische Niederlagen, all das lähmte Deutschland. Eigentlich konnte da jeder Emporkömmling, der Brot, und vor allem Arbeit, und damit auch wirtschaftlichen Aufschwung versprach und vermessenerweise glaubte, auch politisch richtungsweisend zu sein, erfolgreich sein. Und wenn er dann noch skrupellos genug ist, politische Gegner wie ein tollwütiger Hund wegzubeißen, theatralische Auftritte nicht scheut, es mit der Wahrheit nicht so genau nimmt, dann ist er zunächst einmal zumindest der geborene Volksverführer. Und so kam es zum Zweiten Weltkrieg, und, wie Großvater so weise sagte, zu all den schrecklichen Geschehnissen, durch die Deutschland seine Unschuld verlor.

Zum Sündenbock für das ganze Elend Deutschlands machte Hitler die Juden. Er hielt vor allem die Regierung in Berlin mit ihrer Judenhörigkeit, wie er es nannte, für vollkommen unfähig zur Wiederherstellung eines gesunden Deutschlands. Er war sich mit anderen rechtsradikalen Bewegungen einig: Es muss eine Rebellion gegen Berlin gestartet werden. Über den Zeitpunkt allerdings war man sich nicht einig. Hitler ging alles nicht schnell genug. Er wollte nicht damit warten loszulegen. Jetzt, da er die meisten Schwierigkeiten seines Machtaufbaus als erledigt ansah, warum da noch warten mit dem Marsch auf Berlin? Dass die finanziellen Besitztümer bei den Minderheiten, wie den Juden, anzutreffen waren, das wollte er, sobald er an der Macht sein würde, ändern.

Er war allzeit ein armer Schlucker, lebte meist von der Hand in den Mund, aber nun würde er bald an der Reihe sein mit Hilfe der Enteignung jüdischen Finanzkapitals seine Machtstellung zu festigen. Nichts würde ihn aufhalten, dort, wo er jetzt stand, unbeirrt weiterzumachen.

Dass Deutschland ihm zujubelte, steigerte seine Vermessenheit, die ganze Welt beherrschen zu können.

Jahre mussten vergehen, bis wir Deutschen endgültig mit der Vergangenheit des Hitlerreiches uns wirklich auseinandersetzten. Wenn diese tiefe Betroffenheit, die durch das ganze deutsche Volk ging und immer noch geht, ausreicht, niemals mehr den Willen zu haben, etwa einen dritten Weltkrieg heraufzubeschwören, dürfte diese tiefe Betroffenheit nie aufhören, denn das größte moralische Übel ist und bleibt der *Krieg*.

Dann war es so weit, ich musste wieder einmal mein Zuhause verlassen, es begannen die Lehr- und Wanderjahre. Der Abschied von Clochard ist mir unendlich schwergefallen. Ich tröstete mich damit, dass er bei unserer Mutter ein gutes und schönes Leben hätte. Sie würde sich liebevoll um das mittlerweile recht stattlich gewordene Kätzchen kümmern.

Frau M. hatte auch ihren Frieden mit ihm gemacht, sie schien sich damit abgefunden zu haben, dass in ihrem geheiligten Haus auch ein Tier sein Zuhause fand, und Clochard mied tunlichst, ihr über den Weg zu laufen. Ihm reichten die Wohnung und der mittlerweile wieder angebrachte Balkon. Er hatte genug mit Schlafen und Fellpflege zu tun, und, nicht zu vergessen, er fraß auch mit wahrer Wonne.

Meinen Weg nach Merzig trat ich allein an, und nur mit den guten Ermahnungen meiner Mutter, die allerdings reichlich waren. Sie brachte mich zum Bahnhof und winkte dem abfahrenden Zug noch lange nach. Vielleicht hätte sie mich ja gerne in die Arme genommen, aber es blieb beim Abschied nur bei einem flüchtigen Kuss auf die Wange. Jedoch ihr ausdauerndes Winken und das wehmütige Lächeln genügten mir, und das war tröstlich für all das Unbekannte, was auf mich zukommen würde. Vor allem versprach sie mir, dass sie gut auf mein Kätzchen achtgeben würde. So war mir das Herz zwar schwer, aber ich blieb dennoch voller Mut und Hoffnung.

Mein Empfang bei Tante Anna war nicht gerade spektakulär. Es war Sonntag, und der Laden war zu. Ich schellte seitlich des riesigen Hauses in einem kleinen Gässchen. Der Türsummer zeigte mir an, dass ich eintreten konnte. Tante Anna kam mir entgegen, mit weit ausgestreckter Hand, und zwar so, als wolle sie keine Nähe. »Da bist du ja, komm bitte nach oben.« Die Treppe war steil, und auf dem ersten Podest drehte sie sich nach mir um und meinte ganz unvermittelt, aber mir zur großen Freude: »Erstaunlich, wie du deinem Vater gleichst; ich glaube, ihn vor mir zu haben.« Mein Herz schlug ganz wild. Auf einmal wusste ich, alles konnte nur gut werden.

Auf der ersten Etage war die Küche und auch die Wohnung der Mutter von Onkel Bruno, eine Kriegerwitwe, die ihr schweres Schicksal dem Ersten Weltkrieg verdankte.

Aber zunächst erwarteten mich meine vier Cousinen in der riesigen Küche. Da standen sie aufgereiht wie die Orgelpfeifen und sahen mich freundlich, aber auch neugierig an, als ich über die Schwelle trat. Ich reichte jeder Cousine die Hand. Die Kleinste, Josefine, machte einen niedlichen Knicks, das war so lieb, dass ich sie in die Arme nahm und fest an mich drückte. Sie sah aus wie ein Engelchen, so blond und niedlich. Maria, die Zweitjüngste, verzog sich nach der Begrüßung sofort hinter den Esstisch, den riesigen Esstisch, muss ich sagen, denn hier würden ja schließlich täglich zwölf Leute speisen. Hildegard, die Zweitälteste, hatte auffallend blaue Augen und rabenschwarzes Haar. Sie begrüßte mich ebenfalls sehr zurückhaltend, aber durchaus freundlich, sie war eine richtige Schönheit. Dann kam meine älteste Cousine Margot auf mich zu, umhalste mich und meinte: »Endlich jemand, mit dem ich nicht Verstecken spielen muss, oder?« Ich beruhigte sie und meinte, dass Jahre seit diesem Spiel hinter mir lägen. Sie lachte fröhlich und drückte mir einen leichten Kuss auf die Wange. »Ich zeige dir gleich auch unser Zimmer, denn wir beide werden unterm *Dach juchhe* leben.«

Ihre ungezwungene Art lockerte die ganze Szene des Sich-neu-Kennenlernens auf, die sonst oft was Steifes, ja Förmliches hat.

Aber nicht zu vergessen, da gab es auch noch Greta, die gute Küchenfee, wie ich erfahren sollte, die für unser aller leibliches Wohl täglich sorgen würde, und das ganz besonders liebevoll und gut. Sie war die Urgestalt einer treu sorgenden Mutter, schien mir gleich. Unter ihrer riesigen Schürze hätte sich wohl eine große Kinderschar verstecken können. Sie erinnerte mich an Dorle und Annemirl von Püssensheim. Greta schloss mich herzlich in die Arme und gab mir einen ebenso herzlichen Kuss auf die Wangen, ehe sie mich wieder aus ihrer umfangreichen Nähe entließ. Was wollte ich da noch mehr?

Onkel Bruno und seine Backstubengesellen sollte ich dann beim Abendessen kennenlernen. Jetzt schliefen sie noch alle, denn es hieß ja für sie, um drei Uhr morgens aufzustehen, was das Los aller Bäcker ist. Die vier Jungs aus der Bäckerstube schliefen, wie wir auch, unter dem Dach.

Margot konnte mir nun nicht schnell genug unsere Unterkunft zeigen. Es war ein einfaches, aber urgemütliches Zimmer; ich würde mich zusammen mit meiner Cousine Margot sicherlich hier sehr wohlfühlen. Ich durfte mir mein Bett aussuchen und wählte das an der Tür. Margot lachte und meinte, das sei eine gute Wahl, denn sie liebe das Bett am Fenster, das sei ein gutes Zeichen.

Worüber ich sehr staunte, es war ein ängstliches Staunen, das waren die zahlreichen Fledermäuse, die mir auf dem Weg in unser Zimmer begegneten. Margot versuchte mir die Angst zu nehmen, indem sie mir erklärte: »Die tun uns nichts, die wollen nur ungestört schlafen, um bei der Nacht auszufliegen.« Die ganzen Reihen mit den fliegenden Hunden, wie sie ja auch im Volksmund genannt werden, das sah schon bizarr aus. Mit der Zeit verlor ich die Angst und fand sie einfach nur schön und interessant. Ging ich in der Nacht zur Toilette, waren die meisten ausgeflogen. Eine komische Sache war das schon mit dem Schlafverhalten der Fledermäuse. Mit dem Kopf nach unten, in dieser hängenden Weise Schlaf zu finden, ließ mich daran denken, wie schrecklich unbequem das sein musste. Ich würde darüber nachlesen müssen. Bestimmt gab es dafür eine einleuchtende Erklärung.

Am nächsten Morgen jedenfalls würde mich zunächst einmal meine neue Arbeitsstelle ganz in Anspruch nehmen. Ich war gespannt, vielleicht auch eher angespannt.

Beim Abendessen lernte ich meinen Onkel Bruno kennen, den ich ja nur von einem Kriegsfoto her kannte. Sofort als ich ihn sah, musste ich denken: Ein wahrer Deutscher, ganz nach Hitlers Vorstellung von dem neuen deutschen Herrenmenschen. Blond, Gardemaß, blauäugig! Er war ein fröhlicher Typ, der dazu neigte, alles möglichst lustig anzugehen. Mir gefiel das. Nichts verjagt die Sorgen, die man sich über die alltäglichen Dinge oft so macht, schneller, als sich über sie lustig zu machen. Das jedenfalls soll ein weiser Mann gesagt haben.

Die Bäckergesellen waren aber keineswegs so lustig wie ihr Meister. Vielleicht waren sie aber auch ganz einfach müde, noch müde oder sogar schon wieder müde. Ich schätze, die Lehrlinge waren jünger als ich und die angehenden Meister etwas älter als ich. Jedenfalls hatte ich gleich zu Anfang das Gefühl, sie würden nicht besonders viel zu einem munteren Tischgespräch beitragen. Dafür klärten meine aufgeschlossenen Cousinen sehr wohl all ihre Probleme bei Tisch, denn jetzt hatten sie ja Mama und Papa gleichzeitig zur Verfügung, und ein gut gefüllter Teller macht doch gute Laune. Jedenfalls bei mir.

Zu Hause saßen wir meist schweigend bei den Mahlzeiten zusammen, was ich bedrückend fand. »Du bekommst zu viel Luft in den Bauch«, sagte meine Mutter, wenn ich die Tischregel, nicht zu sprechen, mal nicht einhielt.

Wir sprachen hier in meinem neuen Zuhause ein Tischgebet vor und nach dem Essen, wobei wir uns an den Händen hielten und so einen geschlossenen Kreis bildeten. Ich fand das ganz prima. Es erinnerte mich zwar an die Heimsituation, aber es hob Schranken auf, die ich mir zuvor selbst gebaut hatte. Alle sagten auch Greta Dank. Ich schloss mich an und fühlte mich dazugehörig, ein ungeheuer gutes Empfinden.

In der ersten Nacht in meinem neuen Zuhause schlief ich denkbar schlecht, zu groß war einfach meine Aufregung über all das, was so auf mich zukam, vor allem am nächsten Morgen der erste Tag meines Berufslebens. Würde meine Begeisterung für das Leben einer »Laborratte«, wie Opa Peter das nannte, ausreichen, um mit meinem Können dafür Schritt zu halten? Wie wären wohl die Kolleginnen und Kollegen? Fragen über Fragen türmten sich zu einem riesigen Berg. Ich wälzte mich hin und her, aber Margot schlief den Schlaf der Gerechten. Ziemlich fertig, so saß ich am Morgen am Frühstückstisch, eigentlich nicht anders als mein sonst so fröhlicher Onkel und seine weniger fröhlichen Gesellen.

Der Duft des frischen Brotes zog durch das ganze Haus, was dann meine Lebensgeister doch weckte. Herrliche Aussichten, jeden Tag jetzt so gutes Brot genießen zu können, und das sogar reichlich. Ich schien im Schlaraffenland angekommen zu sein. Ich bekam sogar von der fürsorglichen Greta Kaffee, ich schien nun erwachsen zu sein. Mit den guten Wünschen für den Neuanfang, die von allen am Tisch kamen, was auch bitter nötig war, denn mein Selbstvertrauen war an diesem Morgen des ersten Tages meiner Ausbildung auf dem Nullpunkt, ging ich außer Haus. Nach einem Fußweg von fünfzehn Minuten betrat ich dann das Merziger Krankenhaus und setzte meinen Weg zum Labor fort, allerdings mit zitternden Knien, je näher ich dem Ort meines künftigen Wirkens kam. Mit freundlichem Hallo wurde ich empfangen, und ich reichte jedem artig die Hand und hoffte innig, dass niemand meine Unsicherheit bemerkte. Man machte es mir leicht. Ich sollte an diesem ersten Tag erst einmal jedem auf die Finger schauen, also nur den Zuschauer spielen. Ich band mir eine große Laborschürze um, die für mich bereit hing und die tatsächlich ein wenig zu meiner Sicherheit beitrug. Nachdem ich eine ganze Weile den vier jungen Frauen bei der Arbeit zugesehen hatte, ließ man mich schließlich die gebrauchten Reagenzgläser spülen. Ich war über meinen ersten kleinen Einsatz froh. Später dann, es war bereits Mittag, beauftragte man mich, die Laborberichte in das gegenüberliegende Altenheim zu bringen. Einer Ordensschwester mit Namen Elisabeth sollte ich dieselben überreichen, sie sei auf der unteren Etage in ihrem Büro anzutreffen. Nichts lieber als das, denn von jeher übten ältere Menschen eine Faszination auf mich aus. Ich bewunderte ihre Gelassenheit, mit der sie die Nähe eines baldigen Todes ertrugen, vor allem wenn sie noch gesund und mobil waren. Das bewunderte ich auch immer an Großvater Peter; man hatte bei ihm das Gefühl, dass er den Tod einfach ignorierte. Das mag aus der Zeit in russischer Gefangenschaft kommen, wo er zusammen mit all den anderen Kriegsgefangenen den Tod sicherlich täglich vor Augen hatte. Er verliert seinen ihm anhaftenden Schrecken. So mag es vielen der älteren Menschen gehen, die schließlich zwei Weltkriege durchmachen mussten.

Mit meinem Laborbericht betrat ich das erste Mal den großzügig angelegten Garten des Altenheims, das bezeichnenderweise St.-Josef-Heim hieß. Josef, der Name meines Vaters, löste immer ein gewisses vertrautes Gefühl in mir aus. Direkt am Eingang begrüßte eine große, aus Stein gehauene männliche Statue den Besucher. Sie sollte bestimmt den heiligen Josef darstellen. Geprägt durch das Kinderheim, hatte ich immer eine große Ehrfurcht vor diesen aus Stein gehauenen Gestalten. Selbst als man mir später sagte, das sei alles nur Götzenverehrung, blieb meine kindliche Verehrung für sie. Es war Sommer, und die Sonne meinte es an diesem ersten Arbeitstag besonders gut. Überall auf den Bänken saßen die älteren Menschen mit ihren Besuchern, und das Ganze strahlte einen zutiefst empfundenen Frieden aus. Man beäugte mich aufmerksam, denn schließlich war ich eine neue Erscheinung, die, gekennzeichnet durch die große weiße Schürze, zum Hause oder aber zum gegenüberliegenden Krankenhaus gehören musste. Von überall her wurde mein Gruß freundlich erwidert.

Ein älterer Herr rief mir zu: »Fräuleinchen, wenn Sie mal Zeit hätten, würde ich Sie gerne was fragen!«

»Gleich, gleich komme ich«, antwortete ich ihm freundlich und setzte meinen Weg pflichtbewusst erst einmal fort, denn es galt schließlich, die Laborberichte abzuliefern.

Schwester Elisabeth, so hieß auch eine sehr liebe Schulschwester im Heim. Das scheint ein gutes Zeichen zu sein, dachte ich flüchtig und stand schon vor ihrem Büro. Es war noch eine ganz junge Schwester, der ich mich nun vorstellte, vielleicht Mitte zwanzig. Sie wünschte mir eine gute Zeit während meiner Ausbildung, und da ich gleich Feierabend hatte, fragte ich sie, ob ich dann vielleicht in dem herrlichen Garten mich noch etwas aufhalten und auch mit den Bewohnern mich unterhalten dürfe.

»Ja, darüber würden wir uns alle hier freuen«, war ihre Antwort, die sie mit einem liebevollen Blick begleitete.

Nachdem ich im Labor all das aufgeräumt hatte, was man mir sagte, hängte ich meine große weiße Schürze an den Haken hinter der Eingangstür, atmete ganz tief durch – das also war für den Anfang alles gut gelaufen. Ich verabschiedete mich von der Leiterin des Labors, die noch als Einzige anwesend war. Meine Ängste und Zweifel vom Tag vor meinem Beginn, sie waren verflogen. Ein herrliches Gefühl! Ich ging also, noch ehe ich den Heimweg antrat, zu den schönen Gärten des St.-Josef-Heims. Nur noch wenige ältere Menschen befanden sich jetzt hier, auch der Mann, der das *Fräuleinchen* sprechen wollte, war nicht mehr zu sehen.

Der Garten Eden, musste ich denken, als die ganze sommerliche Pracht ausgebreitet vor mir lag. Die Hitze war einer angenehmen Temperatur gewichen. Vögel, eine große Schar, hielten ihr abendliches Konzert. Ihr Dank für den schönen Tag, dachte ich und konnte gar nicht anders als zutiefst dankbar und glücklich sein. Ich blieb, nein, ich *verweilte*, bis das Vogelkonzert verstummt war, und erst dann trat ich zum ersten Mal nach meinem Arbeitstag den Heimweg an und traf noch rechtzeitig zum gemeinsamen Nachtessen ein.

»Hast du die Feuerprobe bestanden?«, fragte als Erstes Onkel Bruno und dann auch all die anderen. Sie wollten, dass ich ihnen davon erzählte, von dem ersten Tag in meinem Berufsleben. Es überraschte mich, wie viel Anteilnahme alle zeigten. Ich berichtete nur allzu gern von dem gelungenen Tag.

Danach ging ich mit Margot zu Oma Rosa, die ja auf der gleichen Etage wohnte, wo unsere Gemeinschaftsküche lag.

Früher hatte Oma bei jeder Mahlzeit immer mit am Tisch gesessen, nun aber war sie in der letzten Zeit, wie man mir sagte, dafür zu hinfällig geworden.

Die Aufgabe, ihr das Essen zu bringen, übernahm meist Margot, und jetzt auch ich, und das mit Freude. Wir erhielten die guten Sachen für Omas Nachtessen von Greta, unserer Küchenfee. Kaum dass wir bei Oma in der Stube waren, schlüpfte Margot wieder hinaus. Sie meinte leise zu mir: »Ich bin heute nicht gut drauf und kann mir die ewig gleichen Geschichten von Oma, die immer vom Krieg handeln, einfach nicht anhören.« Oma freute sich über jeden, der sie besuchte, und besonders, wenn es was zu essen gab. Nachdem sie ihren ersten Hunger gestillt hatte, meinte sie, dass auch ich mir auf dem Herd Essen nehmen solle. Ich sagte ihr, dass ich schon gegessen habe und dass ich mich freuen würde, wie gut es ihr schmeckte. Sie lächelte und meinte, wie dankbar wir sein müssten, trotz des Kriegs so gut zu essen. Ich versuchte ihr zu erklären, dass der Krieg vorbei sei, dass jetzt die Leute nicht mehr hungern müssten, jetzt, vier Jahre nach dem Zweiten Weltkrieg. Dass der Krieg aus sei, das hat sie bestimmt schon öfter gehört, denn sie blickte keineswegs überrascht auf und meinte: »Ja, ja, es wird höchste Zeit, dass dieser elende Krieg mal zu Ende geht.« Ich versuchte keinen zweiten Anlauf, denn ihre Gedankenwelt schien ich nicht zu erreichen. Ob diese Abwesenheit Segen oder Fluch sei, das müsste ich erst noch herausfinden.

Ich goss nach Gretas Anweisung noch die Blumen auf den Fensterbänken und fragte dann Oma Rosa, ob sie nun zu Bett gehen wolle. Ihre Antwort war ein klares Nein. Dann meinte sie lachend: »Weißt du, da sterben die meisten Leute.« Musste ich mir Gedanken machen, ob das wohl Galgenhumor sei? Aber selbst wenn, konnte sie doch immerhin über ihre Situation witzeln. Ich versuchte Oma von ihren Gedanken abzulenken und meinte, dass sie eine urgemütliche Wohnung habe. Besonders das große kuschlige Bett habe es mir angetan. Aber wiederum lebte Oma Rosa im Krieg mit all ihren Gedanken. »Was nützt das schöne Bett, wenn man die meiste Zeit im Luftschulkeller sitzen muss!« Die arme Oma, musste ich denken, sie durchlebt ohne großen Unterlass diese verdammten Kriege. Sie ist auch jetzt noch ihr Opfer.

Behutsam setzte ich sie in ihren bequemen Sessel und schaltete leise Musik im Radio an. Greta würde sie dann später, wie zumeist, in ihr Himmelbett legen, obwohl, wie ich nun erkennen konnte, Oma Rosa sich oft im Luftschutzkeller wähnte. Diese Dinge geschahen um uns herum sicher tagtäglich, aber es blieb bei stillem Entsetzen.

Man beklagte untereinander die schrecklichen Verluste, von denen ja keiner verschont blieb, man betrieb den Wiederaufbau ohne Murren und behandelte den Krieg wie eine Zeitrechnung – das war vor dem Krieg, das war nach dem Krieg –, ganz so wie: Das war vor Christi, das war nach Christi.

Die Verbrechen und wie sie überhaupt geschehen konnten, das wollte oder konnte die Volksseele sich nicht eingestehen, zu tief saß die Schmach.

Mit meinem Geschirr von Omas Nachtessen in der Küche wieder eingetroffen, verjagten Gretas muntere Reden meine schweren Gedanken. Sie lobte mich, dass ich so gern zu Oma Rosa ging. Das sei für mich eine willkommene Abwechslung, erwiderte ich ihr.

Gerne hätte ich Greta eigentlich einmal nach Tante Helene gefragt, die schöne Cousine von Tante Anna und meinem Vater, die ich noch von unserem ersten Betteltag bei Tante Anna in lebhafter Erinnerung hatte. Sie nahm mir vor allem damals die schreckliche Peinlichkeit des Bettelns. Komischerweise hatte ich die Befürchtung, keine gute Auskunft über sie zu erhalten. Ich entschloss mich, es auf später zu verschieben. Leidvolle Dinge zu erfahren, dafür gibt es eigentlich nie die richtige Zeit.

Margot und mir blieb keine große Auswahl, was die Gestaltung unseres Feierabends betraf. So suchten wir auch diesmal wieder unser gemütliches Schlafzimmer unter dem *Dach juchhe* auf, um uns bis zum Einschlafen Geschichten zu erzählen.

Viel später sollte ich durch Greta erfahren, dass mich mein ungutes Gefühl hinsichtlich Tante Helenes Schicksal nicht getäuscht hatte, leider nicht getäuscht hatte.

Fast ganz am Ende des Krieges war eine Teppichbombe niedergegangen auf ihr Haus in Merzig an dem kleinen Seffersbächlein, aus dem einmal mein Vater mein Täschlein mit dem Entchen darauf gerettet hatte.

Diese Nachricht entsetzte mich, die Tränen flossen für dieses und so vieles andere Leid. Greta schloss mich zärtlich in ihre Arme, warm und weich umhüllte mich ihr großer Körper. In dieser Umarmung hätte ich gerne für immer verweilt. Aber als sie mich schließlich daraus entließ, hatte ich eine Art Urvertrauen bekommen, das mir, wie ich bemerkte, nie bekannt war.

Greta war nie verheiratet, sie hatte auch nie Kinder, aber für uns, ja selbst für die Gesellen aus der Backstube, war sie die große Instanz für Schutz und Trost. Was immer uns auch bedrückte, Greta half.

Als ich einmal am frühen Abend in der Küche saß, mit Maria, der zweitjüngsten Tochter von Tante und Onkel, auf dem Schoß, sie dabei hin und her wiegte, fiel mir ein Kalenderspruch ein, der mich stets rührte:

»Kein Vogel sitzt in Flaum und Moos
in seinem Nest so warm
als ich auf meiner Mutter Schoß,
auf meiner Mutter Arm,
und tut mir weh, mein Kopf, mein Fuß,
vergeht mir aller Schmerz,
gibt mir die Mutter einen Kuss
und drückt mich an ihr Herz.«

Ich blieb an diesem Abend in der Küche, half Greta bei der riesigen Spülarbeit und wartete auf Margot. Dann verschwanden wir beide auf unser gemütliches Stübchen unter dem Dach des Hauses. Obwohl wir uns bemühten, eigentlich wirklich bemühten, leise zu sein und nicht herumzukichern, da die Gesellen ja schliefen, gelang uns das auch an diesem Abend nicht so ganz. Allein nur, weil wir geräuschlos in unser Zimmer verschwinden sollten, war das Anlass genug zur Heiterkeit. Beschwert hatten sich die Jungens nie. Wir waren für sie einfach nur dumme Zicken und sie für uns lächerliche Gestalten.

Wir waren schließlich alle in dem Alter, da das Interesse am anderen Geschlecht auftauchte, das es galt, tunlichst zu unterdrücken. Wir wollten damit zeigen, wie cool wir waren. Alles Spiel, was dem Reiz der Liebe vorausgeht.

Obwohl ein Gefühl für ein echtes Zuhause bei mir auch hier nicht aufkam, gefiel mir der raue, aber doch herzliche Ton. Daran konnte ich mich gewöhnen. Bei uns zu Hause, wenn nicht gerade Opa Peter durch seinen Wechsel von Tochter zu Tochter bei uns weilte, blieb jegliche wirkliche Kommunikation aus; sie bestand höchstens in Anweisungen von unserer Mutter, die zu befolgen waren. Das alles fiel mir besonders jetzt auf, es wurde fast nie gelacht wie hier im Hause bei Tante und Onkel. Schmerzlich erlebte ich auch des Nachts, wenn sich mal der Schlaf nicht einstellen wollte, all die Prozesse, die ich mit Mutter erlebt hatte, wenn sie sich enttäuscht von mir glaubte. Sie nannte mich ihren Sargnagel und erklärte mir, dass sie mich schon nicht haben wollte, ehe ich auf der Welt war. All ihr Frust ergoss sich über mich, sodass ich mir die gleiche Strategie wie im Kinderheim zulegte. Ich fühlte mich zwar betroffen, aber ich kultivierte diese Betroffenheit nicht. Ich hoffte ganz einfach, dass es bald anders werden würde. Das erwies sich ja auch als richtig. Man braucht eben nur Geduld. Schließlich hatte ich meine große Schwester, die mir immer zur Seite stand, und wenn sie mich nicht trösten konnte, da wir meist, ob im Heim oder zu Hause, unter Aufsicht waren, so genügte ihr liebevoller Blick. Ich werde es nie und nimmer vergessen, als sie während einer Prügelattacke, die mir Mutter zuteilte, laut schrie: »Schlag mich doch auch einmal!« Für mich gibt es keinen größeren Beweis einer schwesterlichen Liebe. – Liebe, etwas sehr Kompliziertes, will mir scheinen. Niemand kann sich wohl aussuchen, wen er liebt, nicht einmal eine Mutter ihr Kind, das sie geboren hat. Ich wusste also schon sehr früh, dass man nicht erwarten konnte, überhaupt von jemandem geliebt zu werden. Da ich aber der Liebe meines Vaters und auch meiner Schwester gewiss war, schien mir das ein unerhörter Reichtum.

Mein Leben hatte nunmehr eine feste Struktur. Arbeiten, am Abend in mein neues Zuhause können. Tante Annas sanftes Mona-Lisa-Lächeln auf mir ruhen sehen, Onkel Brunos handfeste Seemannslieder mitanhören, ob aus der Backstube oder im Haus, wenn er immer mehrere Treppen auf einmal rauf- oder runterstürmte, und auch die vielen Stunden, die ich besonders gern mit Margot zusammen war, und nicht zu vergessen Gretas Herzlichkeit, und Oma Rosas Freude, wenn man sie besuchte und ihr Essen brachte. Welch eine großartige Wende hatte mein Leben doch genommen!

Ruth fragte mich des Öfteren am Telefon, ob ich mich bei meiner Arbeit nicht gruselte vor fremdem Blut, Urin und Sputum oder gar Magensäften; aber ich konnte sie beruhigen, ich fand alles, aber auch wirklich alles an meiner Arbeit sensationell.

Der Besuch am Wochenende bei mir zu Hause stand an. Margot sollte auf ausdrücklichen Wunsch meiner Mutter mitkommen. Ich freute mich natürlich am meisten auf mein Kätzchen und schwärmte meiner Cousine schon vor, wie entzückend es sei. Margot war noch nie in Dillingen, sie kannte auch noch nicht unsere Mutter, ihre Tante Ina.

Wir fuhren an einem Freitagabend los. Es war ein herrlicher Sommertag. Wir waren so aufgeregt wie bei einer Weltreise. Margot war total erfreut über die schöne Wohnlage, so direkt am Waldesrand. Schöner ginge es nicht, meinte sie, und sie wunderte sich, dass ich nicht mehr Heimweh hatte. So mitten in der Stadt zu wohnen, das sei wahrlich kein Vergleich. Unsere Wohnung gefiel ihr ebenfalls sehr gut, vor allem die Küche hatte es ihr angetan, und überhaupt Tante Ina auch, sie war eine total liebe Tante, das wusste ich ja schon von dem Beisammensein mit Tante Maria. Nichten und Neffen hielten sich gern bei ihr auf. Tante Ina war lustig, verständnisvoll, und vor allem kochte niemand besser als sie, das konnte auch Margot erfreut feststellen. Alles in allem, Muttersein erfüllte sie vielleicht nicht so sehr, Tantesein von Kindern, für die sie keine direkte Verantwortung hatte, schon. War das vielleicht die Erklärung dieses sonderbaren Geheimnisses, dass sie, wie der Lauf der Zeit zeigte, die absolute Lieblingstante in der Familie war?

Opa Peter weilte gerade bei einer seiner vielen Töchter. Er würde mit Sicherheit bei einem Urteil über seine viertälteste Tochter sagen: Sie kocht tatsächlich am besten, ist aber ansonsten kompliziert. Kompliziert fanden auch ihre Schwestern sie, wenn man genau hinhörte.

Margot versprach beim Abschied, bald wieder mitzukommen, wenn ich wieder nach Hause fahren würde. Es fiel mir unendlich schwer, Abschied von Clochard zu nehmen. Ich drückte ihn so fest, dass er erschrocken davonsprang. Ohne dass wir viel unternommen hätten, außer einem großen Waldspaziergang, war es tatsächlich schön, vor allem erholsam. Wir beide hatten ja stets abenteuerliche Gedanken im Kopf, die wir uns gegenseitig erzählten, und so war unsere Phantasie hinreichend befriedigend. Vor allem konnten wir lachen, wie gesagt, über rein gar nichts. Auf der Heimfahrt im Zug staunten die Leute nicht schlecht, als wir selbst über den seltsamen Dialekt des Zugschaffners kicherten.

Unser albernes Geplänkel nahm ein jähes Ende, als wir dann wieder in meinem neuen Zuhause angekommen waren. Tante Anna empfing uns mit der traurigen Nachricht, dass Opa Gustav schwer erkrankt sei und dass wir am kommenden Wochenende zu ihm fahren würden. Das macht eine Familie aus, dachte ich mir, man teilt die gleichen Freuden und Leiden. Jeden Tag hörten wir, dass sein gesundheitlicher Zustand sich nicht gebessert habe, im Gegenteil, dass er nunmehr kaum noch sprechen könne. Er litt an einer Gürtelrose, die sehr schmerzhaft war und die seine Kräfte völlig aufzehrte. Er weigerte sich jedoch, dass man ihn ins Krankenhaus einwies.

Diesmal ging mir die Zeit nicht schnell genug vorbei. Ich glaubte, dass jeder Arbeitstag, der mich in Merzig festhielt, ein verlorener Tag war, sosehr ich auch meine Arbeit liebte.

Als wir schließlich samstags im Hause meiner Großeltern ankamen, erkannte uns Großvater erst gar nicht. Die häusliche Versorgung reichte einfach nicht mehr aus, wir warteten auf den Krankentransport. Bevor man Opa aus dem Hause trug, versuchten wir der Reihe nach, ihm die Hand zu drücken, ihm meist stumm, aber tief bewegt unsere Liebe und Fürsorge zu versichern. Als ich ihm dann die Hand reichte, erhob er seine Hand, streichelte mir über die Wangen und sagte laut und vernehmlich: »Josef.« Dabei lächelte er so glücklich, dass wir, die um ihn herumstanden, wussten, er dachte, seinen Sohn zu sehen. Nichts war in diesem Moment schöner und wichtiger als diese von seiner Phantasie erzeugte Vorstellung. Ich kann mich an keinen Moment meines Lebens erinnern, an dem ich so bewegt war.

Das glückliche Lächeln blieb auf Großvaters Gesicht, selbst als er schon aus dem Haus getragen wurde, um in den Krankenwagen geschoben zu werden.

Tante Anna weinte und klagte, dass wir ihn bestimmt nicht wiedersehen würden. Oma schüttelte abwehrend den Kopf und wollte so eine Prognose nicht gelten lassen. Sie nahm Tante Anna liebevoll in den Arm. »Er wird wieder gesund, du wirst sehen. Schließlich hat uns der Tod all unsere Söhne entrissen, deinen Bruder und auch meine beiden Söhne nahm mir der Krieg, es ist genug, was die Familie verloren hat.« Dann fuhr Oma mit Tante Anna in deren Auto hinter dem Krankenwagen her, um Opa in seiner schweren Lage beizustehen.

Als beide wieder zurückkamen, sagten uns ihre traurigen Blicke, dass der Tod keine Gnade gekannt hat. Für Ruth und mich hieß es nun, wieder ein Mitglied der eben neu gewonnenen Familie verloren zu haben.

Wir blieben noch sonntags bei Oma Johanna und Ruth. Die meiste Zeit unseres Zusammenseins schwiegen wir, man hätte sich ja doch nur die eigenen traurigen Gedanken austauschen können, das hätte nur unser aller Situation verschlimmert.

Opa Gustav wurde dann später im Familiengrab auf dem Merziger Friedhof beigesetzt, in dem Grab, wo seit Jahren schon seine erste Frau, die Mutter von Tante Anna und unserem Vater, ruhte. Ruth meinte, dass sie auf ihn warte. Sie hatte immer besonders poetische Worte für schmerzliche Verhältnisse. Diese Vorstellung tröstete mich tatsächlich, dass beide jetzt wieder vereint seien, und es machte mir ganz klar, dass nun, wie auch immer, unsere Odyssee, unsere lange Odyssee, die Ruth und mich durch tiefe Einsamkeit geführt hatte, beendet war. Wir hatten nun eine Familie, in die wir heimgekehrt waren, wenn es uns auch nicht vergönnt war, eine längere Wegstrecke gemeinsam, gerade mit den beiden Menschen wie Großvater Gustav und unserem Vater, gehen zu können. Doch niemand, auch nicht der Tod, ja nicht einmal er, konnte uns daran hindern, sie durch die Kraft unserer Gedanken lebendig zu erhalten.

Ich las einmal die mir sehr zu Herzen gehenden Worte, ich glaube von Robert Musil: »An Tote zu denken ist süß.« Mittlerweile kenne ich die ganze Bedeutung dieser Worte, oder, besser gesagt, ich erfühle sie.

Außerdem kann keine Bitterkeit des Lebens ihnen mehr was anhaben. Ich bin überzeugt, dass nicht nur ich sehr viel darüber nachdenken musste, dass gerade beide besonders heftig von den vorangegangenen Kriegen betroffen wurden; ihr Leben wurde zerstört wie das von Tausenden Menschen. Ich glaube, darüber hilft kein globales Entsetzen hinweg, sondern nur die ganz persönliche Verachtung für die Kriegshetzer.

Als Zeitzeuge des verbrecherischen Wirkens Adolf Hitlers ist es wohl, solange man lebt, die Frage aller Fragen: Wie konnte, selbst oft genug gegen jede Vernunft, Hitler seine dunkle Macht ausspielen? Von Hermann Göring, seinem Mitstreiter von der ersten Stunde seines verbrecherischen Wirkens, ist bekannt, dass dieser sich die autoritäre Kraft, die von Hitler ausging, nicht erklären konnte, er fürchtete sich regelrecht davor und wagte nicht, ihm je zu widersprechen. Jeder in Hitlers Nähe erlag dieser dunklen, gewaltsamen Macht. Niemand seiner Helfershelfer, die Welt zu unterjochen, war ihm menschlich zugetan, die meisten fürchteten ihn ebenfalls, ohne sich dies einzugestehen.

Eigentlich war nur Eva Braun – wie bezeichnend doch dieser Name allein schon ist – liebevoll an seiner Seite. Es gilt zu bezweifeln, dass der Mann, dem ihre kompromisslose Liebe galt, dies überhaupt bemerkte oder wahrhaben wollte. Für Hitler zählte all das nicht, was Frauen ihm entgegenbrachten.

Ein so heldenhafter Geist, wie er glaubte einer zu sein, muss dem höheren Anspruch der absoluten Reinheit entsprechen, ja er muss geschlechtslos sein.

Als schließlich selbst Hitler zugeben musste, dass alles verloren sei, änderte er seine Meinung. Vor allem da ihm die unverbrüchlich treue Eva Braun imponierte oder zu imponieren schien, heiratete er die treue Geliebte, fast nach wagnerischer Inszenierung *von Liebe und Tod.*

Dem Volk bürdete er seine letzte große Lüge auf, als er verkünden ließ: »Adolf Hitler ist für Volk und Vaterland gefallen.« Mit dieser Lüge hat er sich aber endgültig entlarvt.

Wer konnte da noch an den von sich selbst ernannten Heilsbringer glauben, nachdem schon bald klar war: Adolf Hitler hat sich zusammen mit Eva Braun das Leben genommen und sich so jeglicher Verantwortung entzogen? Ganz zu schweigen von der Verwüstung der Welt, die immer sichtbarer wurde und die allein seinen teuflischen Namenszug trägt.

Er, der sich einst selbst, und das ist verbürgt, den größten lebenden Deutschen nannte, wird höchstens in die Geschichte als größter deutscher Verbrecher eingehen.

Eigentlich sollte man ihn einfach totschweigen, es lohnt sich keine Druckerschwärze für ihn.

Selbst wir, die wir noch Kinder waren, als am 8. Mai 1945 der Zweite Weltkrieg zu Ende war, spürten die tiefe Schmach, die Hitler und seine verbrecherischen Helfer über Deutschland gebracht haben.

Einst warnende Stimmen wurden entweder nicht geglaubt, zu groß waren die Wunden, die der Erste Weltkrieg geschlagen hatte, oder die Warnungen wurden gewaltsam von dem radikal herrschenden braunen Regime gestoppt.

Der Stein, der mit der Machtergreifung Hitlers nun einmal ins Rollen kam, er war nicht mehr aufzuhalten, nachdem er losgetreten wurde.

Straffe Organisation und das Verbot der Redefreiheit knebelten das freie Denken des deutschen Volkes, für das es über Nacht von der Demokratie zur Diktatur eine unheilvolle Wende nahm.

Freiheit – das hohe Gut der Menschheit –, sie war verloren. Unrecht und Terror breiteten sich aus, deren Nachhaltigkeit mich heute noch quält.

Vater, was haben sie dir angetan?
Sie kamen, als alles schlief. Die lauten, schnellen Schritte ihrer Stiefel hallten durch die Stille der Nacht.
Sie kannten kein Erbarmen. Sie rissen dich aus deinem Leben und sperrten dich in ein Lager in Neuengamme, das sie KZ nannten.
Hunger, Folter und Entwürdigung gingen deinem frühen Tod voraus. Unmenschlich harte Arbeit im Elbkanal bei Hamburg gab dir den Todesstoß.
Für dich muss die Endgültigkeit des Todes die Erlösung aus dieser Hölle gewesen sein.
Wie könnte ich das je vergessen oder gar verzeihen!